Rega Kerner

Die Maskenpflicht des Weihnachtsmannes

AF235745

Die Autorin

Rega Kerner, Baujahr 1970 Berufesammlerin.

Aufgewachsen als norddeutsche Seemannstochter, wollte sie bücherschreibende Binnenschifferin werden, was am Recht der Frau scheiterte: An Bord ein WC zu teilen, war damals verboten.

Die Lebenswellen verschlugen sie zu diversen Tätigkeitsbereichen bei Film, Theater/Musical, Jugendarbeit und Multimedia/Internet. Für die Medien an den Rhein gezogen, fand sie als Kölner Fährfrau endlich zurück zum Wasser. Es folgte Fahrgastschifffahrt im Koblenzer Raum und rund zehn Jahre als Steuermann sowie Kapitänsfrau auf einem holländischen Motortankschiff. Hinzu kam ein Wohnboot als Meldeadresse. Mann mit Tanker ist weg, Boot mit Schulkind bleibt. Zurück im Norden, verwirklicht sie nun, nach der Schifffahrt, auch den anderen Teil des Jugendtraumes, als alleinerziehende Schriftstellerin.

Spezialität: *Immer eine Handbreit Humor zwischen den Zeilen!*

Rega Kerner

Die Maskenpflicht des Weihnachtsmannes

Adventskalender für den Lockdown?

Magische Elternrealität 6

Bibliografische Information der Deutschen Nationalbibliothek: Die
Deutsche Nationalbibliothek verzeichnet diese Publikation in der
Deutschen Nationalbibliografie; detaillierte bibliografische Daten sind
im Internet über dnb.dnb.de abrufbar.

Illustration: Nicole Fabert
Korrektorat: Catharina Preuß
Umschlag und Buchsatz:
›Cover dein Buch‹ www.medienschiff.de
Herstellung und Verlag:
BoD – Books on Demand, Norderstedt

ISBN: 9783752672244

Eine ironische Weihnachtsnovelle
für Erwachsene

Der Weihnachtsmann riss sich den himmelblauen Mundschutz von den Ohren und pfefferte ihn in eine Ecke seines Schlittens.

»Es kann doch wohl nicht wahr sein, dass die gesamte himmlische Heerschar es nicht hinkriegt, eine ordentliche Maske zu nähen?«, wetterte er gegen drei Engelchen, die auf der Wolke neben seinem Fahrzeug standen. Sie wackelten betreten mit den Flügelspitzen. Es war bereits die vierte Anprobe.

Bei dieser lag ein ganz besonders ausgefeiltes Modell vor, mit diversen elastischen Elementen, insbesondere im Mundbereich. Das sah ein wenig nach Patchwork aus. Doch der dicke Rauschebart hob den Stoff dennoch luftig weit vom Gesicht ab und schob ihn bei jedem Wort herum. Spätestens beim dritten »Ho« vom »Ho Ho Ho«, hüpfte der Draht von der Nase, oder der ganze Lappen hing gleich quer über dem Kinn.

Da hing er wieder, grellrot am grünen Schrank. Kinderaugen würden glitzern. Maria sackte erschöpft auf den Küchenstuhl und betrachtete ihr Werk: Ein rotes, längliches Stück Stoff mit Fransen oben und unten,

24 goldene Ringe zum Aufhängen der Päckchen, der Rand dekoriert mit mehreren Engeln aus Filz. Das war ein recht schlichtes Exemplar, in dieser Zeit der Superlativen. *Würde Tomke wieder nörgeln?*

Letztes Jahr hatte ihre Tochter neidisch aufgezählt, welch kreative Kalender all ihre Schulfreunde hätten. Die sie auch lieber haben wollte. Doch letztlich gefiel die mütterliche Erklärung: »Viele sind aber identisch, vom Fließband aus der Fabrik. So ein antikes Einzelstück wie du, hat bestimmt fast keiner mehr. Da kannst du stolz drauf sein!«

»Ich hab ihn seit immer, heißt antik so alt wie ich?«

»Nein, viel älter. Meine Paten-Tante nähte und bastelte ihn Anfang der 70er Jahre für mich und als ich erwachsen war, wartete er im Keller auf dich. Den gibt es kein zweites Mal. Guck hier, die Holzkugel-Köpfe der Engel musste ich mehrfach wieder ankleben. Noch öfter benötigte ganz unten der Schneemann, aus halben Styropor-Kugeln, kleine Schönheitsreparaturen. Aber ich liebe ihn immer noch und er begleitet mich. Über all die Jahre hinweg.«

Die Mutter hatte ihre Erinnerung an das Gespräch von 2019 hörbar vor sich hin gemurmelt, während das Kind unbemerkt in die Küche gekommen war und einen fast achtlosen ›kenn-ich-schon-Blick‹ auf die noch leicht vom Aufhängen schwingenden Päckchen geworfen hatte.

»Und jetzt begleitet er *mich*«, stellte Tomke den Besitzerwechsel klar.

»Uns«, lächelte Maria und dachte: *In diesem denkwürdigen Jahr sogar zweimal.*

Angesichts des aufziehenden Gewitters im Gesicht ihres Kindes korrigierte sie schnell: »Klar, er gehört jetzt ganz und gar nur noch dir allein. Aber ich freue mich dann über deine Freude, also habe ich auch noch etwas davon.«

Der Weihnachtsmann freute sich ganz und gar nicht. Die Engelnäherei hatte immer wieder ihr Bestes gegeben, um die handelsüblichen Klinikmasken so zu modulieren. Mit dem Ziel, sein wichtigstes Wahrzeichen, den wilden Bart, nicht komplett platt zu legen, aber doch Mund und Nase abzudecken. Was leider ein Ding der Unmöglichkeit schien.

Man sollte den Engeln natürlich zugute halten, dass nähen nicht zu ihren üblichen Aufgaben oder gar Hobbys zählte. Aber in diesen Pandemie-Zeiten musste sich eben jeder flexibel einbringen, also auch mal den Beruf wechseln. Oder hätte der Weihnachtsmann sich etwa selbst eine Maske nähen sollen? Ihm war es peinlich genug, eine zu tragen!

◇

Was so ein selbstgenähter Kalender alles tragen kann, sinnierte Maria noch in der Küche sitzend, als ihr Kind längst das Interesse an den verschlossenen Säckchen verloren, ein paar Kekse vorab erbettelt und sich damit in sein Zimmer verzogen hatte. Nicht ohne vorher ihrer Mutter zu erklären, dass die einen Knall hätte: »Da muss ich ja noch ewig warten! Wer hängt denn den Adventskalender schon im Oktober auf?«

Er trägt viel mehr als Päckchen oder Säckchen, er trägt häuslichen Frieden, egal ob alt oder neu, dankte Maria innerlich für die pure Existenz dieser Tradition und trank einen Schluck Kaffee. *Denn alle Eltern kennen das Problem, wie ich, total unabhängig von der Jahreszeit:* »Papa, Mama, wann sind wir endlich da?«

Zeit kann man nicht anfassen. Was man nicht anfassen, also nicht greifen kann, ist für Kinder nicht zu *begreifen*. Und wenn Kinder etwas nicht begreifen, führt das unweigerlich zu ständiger Quengelei: »Mama, Papa, wann ist endlich Weihnachten?«

Spätestens, wenn dies jede halbe Stunde oder gar im Minutentakt ertönt, reißt jeder Mutter oder jedem Vater der Geduldsfaden. Egal, wie geduldig sie sonst sind oder sein wollten. *Da bin ich nicht die Einzige.* Das ist heutzutage so und jede Generation meint, früher war alles anders. Früher war alles besser.

Stimmt das? Waren früher alle Kinder brav und wohlerzogen?, überlegte Maria. Wenn dem so gewesen wäre, welchen Sinn und Zweck hätte dann die Erfindung des Adventskalenders gehabt?

Über Sinn, Zweck und Notwendigkeit von Masken für Adventsgestalten hatte es Anfang Oktober eine außerplanmäßige Himmelssitzung mit langen, hitzigen Debatten gegeben. Alles was über den Wolken Rang und Namen hatte, versammelte sich auf den Sternbänken. Um die Abstände zu wahren, wurden einige Asteroiden aus ihrer Bahn gezerrt und zu Nothockern am Rande der Milchstraße umfunktioniert.

Das Christkind war sofort fein raus: »Ich bin unter sechs. Ich bin freigestellt.«

»Das ist angesichts deines wahren Geburtstages

aber minimal gemogelt«, nörgelte ein Jungengel, vermutlich eifersüchtig, weil er selbst mindestens zwölfjährig aussah. Aus den vollbesetzten Reihen der Seraphim erklang unruhiges Gemurmel.

»Geht es beim Weihnachtsfest um historische Fakten oder um Glauben?«, zischte ihm das Christkind zu. Das Engelchen strich prüfend über den Rand eines seiner goldenen Flügel, die sicher in keinem Geschichtsbuch als Fakten verzeichnet waren und sagte lieber nichts weiter.

Der Nikolaus argumentierte: »Die Kinder bekommen mich doch gar nicht zu Gesicht. Da wäre Maske tragen total unsinnig.«

»Und wenn dich doch eines vor seiner Tür erwischt?«, fürchtete das Christkind.

Das Lachen des Nikolauses hallte von den Sternen über alle Wolken bis auf die Erde: »Das hat bei mir in über 1500 Jahren noch keines geschafft! Das passiert bei mir *nie!* Und alle, die das behaupten, die lügen.«

»Ach, das passiert immer nur anderen? Ähnlich hatten die modernen Europäer auch bezüglich Pandemien gedacht, obwohl die letzte große gerade mal hundert Jährchen her war. Und manche, die bisher nicht persönlich betroffen sind, glauben das immer noch«, mahnte ein älterer Cherub, irgendwo von den hinteren, höchsten Plätzen.

Die Mehrheit stimmte jedoch zu, das Risiko einer Begegnung sei beim Nikolaus derart gering bis ausgeschlossen, dass er auf Maske und Reiseprotokolle verzichten könnte.

Die Engel verpflichteten sich freiwillig, das Abstandsgebot demonstrativ auf über zwei Meter zu erweitern und einzuhalten. Was für sie, selbst im größten Gedränge, leicht war, da sie nach oben ausweichen konnten. Wo sie sich ohnehin meist aufhielten.

Kaum war das Thema für diesen größten Teil der Anwesenden geklärt, jammerten die ersten nach einer Versammlungspause.

◇

Diese Pause hab ich mir nach der Kalenderfüllerei auch verdient, fand Maria. Sie klaute sich einen der Kinderkekse zum Kaffee, legte ihr Smartphone vor sich auf den Küchentisch und deaktivierte die Corona-Warn-App. *Verflixt, die hab ich gestern, nach dem Ausflug zum Bremer ›Freipaak‹, ganz vergessen auszuschalten. Zu Hause ist das ja Quatsch.* Gut, dass sie sich von der Regenvorhersage nicht hatte abschrecken lassen, die erst am letzten Karussell eintraf. Die Erinnerung an den tollen Tag konnte ihrem Kind jetzt keiner mehr wegnehmen. Wer konnte wissen wie lange dieser temporäre Freizeitpark bei steigenden Infektionszahlen noch offen sein würde?

Sie wischte aufkommende Sorgen über die aktuelle Weltlage aus ihrem Kopf sowie rieselnde Kekskrümel vom Display, öffnete Google und surfte nach ablenkender Bestätigung ihrer Kalendergedanken.

Denn die pure Tatsache, dass der Adventskalender erfunden wurde, wies ihrer Meinung nach darauf hin, dass Weihnachtsquengelei seit jeher vorkam. Und selbst in autoritärsten Systemen nicht mit Strenge und Züchtigung zu unterdrücken war. Oder wollten manche Eltern diese nervigen Zeichen der Vorfreude damals nicht mehr strafen? Suchten sie fortschrittlichere Erziehungsmethoden? Wie auch immer: Ein Zeitmesser musste her! Eine einfache und sichtbare Zählhilfe, auf die man zeigen konnte, wenn der Nachwuchs mal wieder vor Ungeduld platzte.

»Gleichzeitig konnte durch solch ein tägliches Ritual auch das Festliche der Adventszeit betont und bewusster erlebt werden«, las die Mutter im Internet und weiter: »Als Erfinder des gedruckten Adventskalenders gilt der Münchner Lithograph Gerhard Lang. 1903 veröffentlichte er einen Bogen mit 24 Ausschneidebildchen zum Aufkleben.«

»Nee, Bayern geht gar nicht.« Sie pustete entsetzt

in ihre Kaffeetasse. »Das hieße ja, ich pflege bayerische Traditionen?«

Rasch googelte sie weitere Stichwortkombinationen zur Geschichte des Kalenderdruckes und wer in eine bestimmte Denkrichtung sucht, dem liefert die Suchmaschine genau das, was er hören will: »1902 erschien der erste gedruckte Kalender in Form einer Weihnachtsuhr für Kinder.«

Und wo? Tatata – in der Evangelischen Buchhandlung von Friedrich Trümpler in Hamburg. Geht doch, verlasse dich nie aufs erste Suchergebnis, triumphierte Maria.

»Es gibt also zwei Erste, je nach Quelle. Und der heutige Adventskalender ist eine recht junge Erfindung. Ob Uhr oder Papierbogen, über den Rang des Ersten sollen sich die Geschichtsforscher ruhig streiten, für mich ist ganz klar der Hamburger der Favorit«, schlussfolgerte Maria und nahm sich noch einen Keks. *Ob die Idee danach wohl von norddeutschen Häfen in den Rest der Welt verschifft wurde? Das hätte schließlich Tradition.*

Dieser lokalpatriotischen Spekulation sowie ihrer verfrühten Adventsstimmung konnte sie vorläufig nicht weiter nachgehen, da das Smartphone brummend über den Küchentisch wanderte.

Eilig fing sie es ein und wechselte vom Internet in den Gesprächsmodus.

◇

Länger als mit Christkind, deutschem Nikolaus und Engeln wurde mit Sinterklaas, dem niederländischen Nikolaus, debattiert. Er käme schließlich mit seinem Schiff aus dem Risikogebiet Spanien ins Land.

»Könntest du zwei Wochen eher reisen, um die Quarantäne einzuhalten?«, schlug das Christkind vor.

Sinterklaas öffnete den Mund und schloss ihn wieder, um nichts Unüberlegtes zu sagen.

»Pfffft«, fuhr sein Gehilfe, der Zwarte Piet, dazwischen, bevor sein Chef zu Ende gedacht hatte. »Siehst du es vor dir? Der Kutter des Sinterklaas läuft am einundzwanzigsten November mit großem Tamtam ein, aber liegt danach zwei Wochen im Hafen, bevor er am fünften Dezember endlich aussteigt?«

Die ganze Versammlung schüttelte ablehnend die Köpfe, respektive die Flügel. Denn allen war ohne weitere Diskussion klar: Zwei Wochen lang Ansammlungen von begeisterten Kindern am oder gar auf einem Bootssteg, an dem die Pakjesboot 12 dann liegen würde, konnte nicht Ziel der Maßnahmen sein. Die Schaulustigen würden versuchen, einen kleinen Blick auf Sinterklaas zu erhaschen, sich dabei gegenseitig von den Bullaugen und Relingen weg drängeln und schubsen, um nach vorne auf die besten Plätze zu gelangen. Das wäre absolut kontraproduktiv.

Das Christkind bohrte hingebungsvoll in seiner Nase, während es sich die Hafenquarantäne lebhaft vorstellte und sagte auch lieber nichts mehr.

»Das ist alles unnötig«, fand Sinterklaas. »Mein Pferd ist hoch. Wenn ich da drauf sitze, ist mein Gesicht über zwei Meter von den Schaulustigen entfernt. Und ich bin sicher, die Menschen werden selbst auch noch Maßregeln ergreifen, vermutlich mit Absperrungen an jedem Weg, den ich durch die Stadt reite.«

Die bis eben noch skeptisch schüttelnden Köpfe und Flügelspitzen der ganzen Gemeinschaft änderten ihre Bewegung in Richtung zustimmendes Nicken.

»Richtig«, bekräftige die mächtige Stimme des Erzengels Gabriel die allgemeine Meinung. »Und falls es doch eng werden sollte, machst du es eben wie wir. Dein Pferd kann doch auch fliegen.«

»Aber der Zwarte Piet? Der muss doch Geschenke verteilen, genauso wie ich?«, gab der Weihnachtsmann zu bedenken.

»Der geht vorher in Spanien zwei Wochen in Quarantäne an Bord und trägt in den Niederlanden dann eine Maske«, bestimmte Sinterklass.

»Ohne mich«, widersprach Piet.

»Sieh es positiv«, besänftigte sein Herr. »Du sparst dir damit das aufwendige Schminken rund um den Mund. Das nervt dich doch immer so. Eine schwarze Maske ist doch viel einfacher.«

»Nee! Mir reicht's. Erst wollen die Niederländer mich wegen des Verdachts rassistischer Traditionen abschaffen und jetzt soll ich als Einziger mit Maske laufen?«

»Piet, bitte versteh doch ...«

»Ja, ich verstehe sehr gut! Zwei Wochen im spanischen Seehafen eingesperrt an Bord, da bin ich seekrank, bevor die Überfahrt überhaupt losgeht. Und bei Ankunft mit Maske am Bug stehen, fröhlich winkend bis der blöde Kahn endlich angebunden ist, dann über die wackeligen Bootsstege – was, wenn ich mich da übergeben muss? In die Maske oder was? Da kann ich mich lieber gleich krankmelden! Denn das werde ich sowieso!«

Sinterklaas legte seinem Gehilfen besänftigend die Hand auf die Schulter. »Ja, das verstehe ich. Bei deiner Neigung zur Seekrankheit wäre das alles etwas zu viel. Wenn die Regeln der Erdenbürger sich nicht bis zur

Abfahrt wieder ändern, darfst du in Spanien bleiben und ich reite allein eine abgespeckte Version. Oder ich engagiere spontan vor Ort ein paar geschminkte Menschenkinder. Man muss in diesen Zeiten ja flexibel sein.«

Piet lächelte zufrieden. Das wäre also auch geklärt, sogar zu seinem Vorteil. Er hoffte ja seit Längerem auf die wohlverdiente Rente. Da kam ihm eine freie Saison ohne die vermaledeite Überfahrt gerade recht.

Dann blickten alle fragend zum Weihnachtsmann.

»Na toll«, brummelte der. »Der Zwarte Piet bleibt zu Hause, also habe ich wohl als Einziger hier den schwarzen Peter.«

»Das olle Ding?« Peter, alias Tomkes Opa, dem alten Seebär, der nie lang zu Hause blieb, klappte hörbar die Kinnlade runter. Zumindest stellte Maria sich sein vertrautes Gesicht mit offenem Mund vor und sagte ins Telefon: »Klar Papa, *mein* alter Kalender. Den hab ich gerade wieder für deine Enkelin befüllt. Sie will keinen anderen – und ich auch nicht.«

»Aber die Ringe hast du sicher erneuert?«

»Nö«

»Doch bestimmt, das kann sonst nicht sein. Als der neu war, dachte ich doch alle Jahre wieder, das kann nicht halten. Die reißen jeden Moment ab. Alle Päckchen stürzen zu Boden, das Kind in Tränen, die Mutter ratlos ...«

»Nee, echt nicht!«, widersprach sie, stand dabei auf und lief mit dem Handy am Ohr in der Küche hin und her: »Nur bei einem Ring war das Garn ein wenig locker, als ich ihn vor acht oder neun Jahren erstmals für Tomke aus dem Keller holte. Das hab ich mit ein paar Stichen gesichert. Aber an allen anderen hab ich seit meiner Zeit nichts gemacht.«

»Ich glaub's nicht. Diese schwere Last, diese vielen Päckchen?«

»Na ja, beim Hochheben und Aufhängen nach dem Füllen hatte ich ehrlich gesagt auch wieder Angst. Wie jedes Jahr.«

»Es ist technisch unmöglich. Das Ding widerspricht allen Gesetzen der Schwerkraft. Und das seit Jahrzehnten!«

Maria blieb dicht vor dem Schrank stehen und trat dann einen Schritt zurück. Liebevoll musterte sie den roten Kalender auf grünem Grund mit Abstand: »Aber es hält. Mein alljährliches Weihnachtswunder.«

◇

Wie sollte er, der Weihnachtsmann, Abstand halten? Hilfesuchend erwiderte er die fordernden Blicke der versammelten Engel und Adventsgestalten, er fixierte einen jeden einzeln nacheinander. *Das geht nicht!,* wollte er sie am liebsten anbrüllen. *Das wichtigste Weihnachtswunder ist doch Nähe und Liebe!* Wie sollte er keine Kinder auf den Schoß nehmen, dabei kuscheln und ins Ohr flüsternd Geheimnisse auszutauschen? Unter dem Baum nicht mit den Familien singen? Die Geschenke nicht mit einem Streicheln übers Haar überreichen, sondern womöglich am anderen Ende des Wohnzimmers abstellen und von Weitem winken?

Das kam nicht in Frage! Da würde ja alles wegfallen, was einen Weihnachtsmann ausmacht!

Seinen Nebenjob auf dem Bremer Weihnachtsmarkt konnte er ebensowenig absagen, er brauchte das Geld bekanntlich dringend. Seine größte Angst war, dass die Bremer selbst den Markt ausfallen ließen. Wovon sollte er dann die teuren Wünsche der heutigen Jugend finanzieren? Was sollte aus dem Fest werden, mit einem finanziell sowie emotional total beschränkten Weihnachtsmann?

Oder ... weil nicht sein kann, was nicht sein darf,

suchte das weihnachtsmännliche Gehirn Zuflucht in der Negierung. Schließlich stritten auch stets mehr Menschen darüber mit teils wirklich guten Gegenargumenten. Waren diese Maßnahmen, war diese ganze Versammlung nicht totaler Unsinn? Es hatte zu allen Zeiten Epidemien, Pandemien und fieseste Krankheiten aller Art auf Erden gegeben und es würde sie immer geben. Aber doch immer nur bei denen dort unten, jenseits der Himmelsgrenze!

»Ho ho ho«, brach der Weihnachtsmann plötzlich in lautes Lachen aus. Sein Gehirn spielte ihm denselben Streich wie zuvor dem Nikolaus sowie allen Menschen, deren Angst ein Schutzschild sucht. In diesen Zeiten mehr denn je: *Es passiert immer nur den anderen.*

Er rief fast hämisch in die Runde: »Glaubt ihr eigentlich wirklich, wir himmlischen Gestalten könnten uns anstecken? Oder gar andere infizieren?«

Mit einem mächtigen Flügelrauschen stand Gabriel direkt neben ihm und sagte streng von oben herab: »Wir haben auch einen pädagogischen Auftrag. Das solltest du doch am besten wissen.«

»Ach ja? Wie gut der heute noch funktioniert, merkt man ja an den Bergen von Geschenke- Verpackungsmüll. Da hört auch keiner auf die alljährlichen

Warnungen unserer Umwelt-Engel«, widersprach der Weihnachtsmann trotzig.

»Whataboutism«, nuschelte Gabriel.

◇

»Wir sind übrigens auf wiederverwertbare Säckchen umgestiegen. Diese Papierschlacht mit Päckchen und Bändseln wie ihr sie bei mir damals produziert habt, ist nicht mehr zeitgemäß.« In Marias Stimme schwang ein leichter Vorwurf gegen ihren Vater.

»Ja, das ist bestimmt auch praktischer. Da hatte deine Mutter immer nächtelang dran gepackt, gewickelt und geknotet. Ich erzähle lieber nicht wie sie manchmal dabei schimpfte.« Ein bedeutungsschweres Atmen im Telefon deutete auf noch viele andere Schimpfereien, von denen der geschiedene Seemann nie sprach.

Er ist so allein, darum lebt er immer mehr in Erinnerungen. Wir sollten ihn schnellstens besuchen, bevor wieder ein Lockdown kommt, dachte Maria und sagte: »Mag sein. Aber Nächte dauert das Befüllen immer noch. Einpacken bleibt aufwendiger als auspacken.«

»Ach was. Säckchen auf, Geschenk rein, Säckchen zu, fertig.«

Väter stellen sich vieles so simpel vor. Maria fühlte sich unverstanden und jammerte: »Aber die Planung, die Planung ...«

◇

»Außerdem ist es ein neuartiges Virus«, fuhr Gabriel fort, unbeeindruckt vom weit hergeholten Umweltvergleich des Weihnachtsmannes. »Das erschwert die Planung. Wir wissen noch viel zu wenig, um garantiert ausschließen zu können, dass geistliche Wesen damit infizierbar sind.«

»Immerhin sind manche Engelrassen entwicklungsgeschichtlich gar nicht so weit von den Fledermäusen entfernt. Denkt nur mal an die Nachtsegler!«, ergänzte das Christkind.

»Na, in *unseren* Lebensraum sind die Menschen aber noch nicht eingebrochen. Und ohne passendes Übergangstier wird sich wohl kein Humanoid Viren von uns Nachtseglern einfangen«, verteidigte ein kleiner, dunkelbrauner Engel mit langen Zähnen und Krallen an den Flügeln, sich und seine Artgenossen. »Aber bei einem Weihnachtsmann, der ständig Fäustlinge tragen muss um keine kalten Hände und laufende Nase zu kriegen, ist die Gefahr hoch! Schnupfen-

Viren sind doch eng mit dem neuen Coronavirus verwandt.«

»Der Weihnachtsmann als Superspreader, das fehlte gerade noch!«, rief das Christkind entsetzt.

»Och, warum eigentlich nicht? Dann käme der Alte endlich mal richtig fett in den Nachrichten, auch negative Werbung ist Werbung«, warf der Zwarte Piet in den Himmelsraum.

Unheilvoll hallten seine Worte von den Sternen wieder: »Negativ. Werbung. Werbung. Werbung.«

Alle Köpfe drehten sich nun in seine Richtung.

Sinterklaas stellte sich schützend vor seinen Gehilfen: »Entschuldigung. Bitte nicht so ernst nehmen. Ihr hört es ja. Er ist total urlaubsreif. Das hatten wir doch bereits beschlossen. Zurück zum Thema.«

Was war das Thema? Planung. Planung ist alles, dachte Maria, nachdem sie das Telefonat mit ihrem Vater beendet hatte. Wie schön, dass Adventszeit und heiliger Abend so feste, vorhersagbare, planungssichere Termine waren. Denn die Last der Unvorhersehbarkeit hatte sie im vergangenen April erfahren.

Das Drama begann an einem herrlich warmen Tag mit Tomkes Frage:

»Mama, bringt der Weihnachtsmann auch die Geschenke für den Adventskalender?«

Maria hatte Schwierigkeiten, bei strahlendem Sonnenschein und keimenden Frühlingskräutern in den Balkonkästen plötzlich an Schnee, kalte Nächte und Weihnachten zu denken. Noch schwerer fiel es ihr angesichts des Frühstücks auf dem Tisch und der unheilvoll menschenleeren Wohnstraße auf der anderen Seite der Balkonbrüstung eine kluge Antwort auf diese unerwartete Adventsfrage zu finden. Ihre Sorgen kreisten um die aktuellen Corona-Schulausfälle, derzeit nach den Osterferien und möglicherweise ebenso eingesperrt zu überstehende Sommerferien, die noch ungewiss vor ihnen gelegen hatten.

Sie beschloss, schweigend ganz besonders bedeutungsschwer zu gucken. Eine bewährte Methode um so zu tun, als hätte man wichtige Gründe, eine Antwort nicht zu geben, die man nicht kennt.

Wie erhofft, plapperte das Kind weiter: »Was macht der jetzt eigentlich, wenn Weihnachten noch so lange hin ist? Der hat da doch bestimmt Langeweile?«

»Ich dachte, du glaubst nicht mehr an den Weihnachtsmann?«

»Ja. Tu ich auch nicht. Aber vielleicht, also hoffentlich, hab ich mich da geirrt. Kann ja keiner sicher wissen.«

»Warum?«, hakte Maria nach und beobachtete zwei Tauben, die sich mitten auf der Straße seelenruhig putzten. Die Tiere eroberten die autofreien Räume zurück.

»Ich überlege da gerade was.«

»Was?«

»Ich hab einen Wunsch.«

»Welchen Wunsch denn?«

»Falls der Weihnachtsmann gerade genauso blöd zu Hause rumhockt wie wir, also Zeit hat, ginge das doch vielleicht?«

»Das kann ich schlecht einschätzen, wenn du nicht sagst, was du dir wünschst«, schmunzelte Maria über diesen Rückfall in frühkindliche Glaubensmuster. Allerdings mit einem lachenden und einem weinenden Auge, denn je länger sie allein zu zweit in der Wohnung aufeinander hocken mussten, umso mehr fiel ihre Tochter in klammerndes, unselbständiges Verhalten der Vorschulzeit zurück. Dazu passte auch der Glaube an den Weihnachtsmann.

»Er müsste es aber jetzt machen. Dafür würde ich im Winter auch auf den Adventskalender verzichten, wenn es sein muss.«

»*Was* müsste er jetzt machen?«

»Die Geschenke.«

Auf der anderen Straßenseite besiedelten zwei Elstern und eine Krähe den für Kinder gesperrten Spielplatz. In den Vorgärten hüpften gelassene Amseln. Durch die Hecke sah die Mutter einen Zaunkönig huschen. Der Frühling flatterte um sie herum, es zwitscherte lauter denn je von allen Seiten. »Du willst jetzt schon Weihnachtsgeschenke?«

»Nein, Quatsch. Es geht um die Tage. Nicht so sehr um die Geschenke. Ich meine, der Weihnachtsmann weiß doch alles?«

»Kind, du sprichst mal wieder in Rätseln«, seufzte Maria und ärgerte sich sofort, weil sie klang wie ihre eigene Mutter.

Darauf sprang postwendend die Wut des Kindes an: »Du kapierst einfach nix! Mann! Denk doch mal nach.«

»Entschuldige. Erklär es mir bitte«, glättete die Mutter die Wogen.

»Er weiß von allem wie lange was ist. Ich weiß nur nicht, ob er auch den Adventskalender macht, weil der doch von deiner Patentante und immer in unserem Keller ist? Aber wenn er das macht, dann soll er das jetzt machen!«

»Du wünschst dir mitten im Frühling deinen Adventskalender, gefüllt vom Weihnachtsmann?«

»So ähnlich. Advent ist doch öde, da weiß jedes Kleinkind, dass es vierundzwanzig Tage sind.«

Langsam dämmerte der Mutter, worum es ging und dass die Lösung nicht einfach sein würde: »Du wünschst dir eine andere Anzahl Türchen? Die soll der Weihnachtsmann füllen, weil wir nicht wissen wie lange es noch dauert, hier und jetzt?«

»Ja! Ich hätte gerne einen Lockdown-Kalender!«

◇

»Was war denn das Thema?«, fragte der Nachtseglerengel, misstrauisch ob es wieder gegen seinesgleichen gehen würde.

»Der Weihnachtsmann«, antwortete Sinterklaas. »Er ist, nach allem was wir nun besprochen haben, der Einzige mit direktem, unvermeidlichem Kundenkontakt. Wie lautet der Beschluss?«

Erzengel Gabriel überlegte, ob er das allein entscheiden dürfe, aber er war ja kein Gesundheitsminister, der sich selbst Befugnisse erteilt. Er wollte sich doch lieber parlamentarisch absichern:

»Da Gott nicht an dieser Versammlung teilnimmt,

sollten wir demokratisch abstimmen. Die Diskussion zum Tagespunkt Mundschutz ergab folgende Regelung: Dem Weihnachtsmann wird Maskenpflicht auferlegt, alle anderen konnten vertretbare Abstandsregeln glaubhaft versichern. Wer stimmt dagegen?«

Der Weihnachtsmann hob einen Fäustling. Doch sein Handschuh blieb, ganz allein, der höchste Punkt zwischen den Köpfen der Versammlung und den Sternen. Selbst alle Engel klappten demonstrativ ihre Flügelspitzen seitlich herunter, um das Wahlergebnis nicht aus Versehen zu verfälschen. Vor Aufregung musste der Weihnachtsmann niesen, wobei er sich leider aus Reflex den erhobenen Fäustling vor die Nase hielt. Gabriel lächelte leicht ironisch und tat so, als hätte er die einsame Handschuhmeldung zuvor nicht bemerkt. Unwiderruflich verkündete der Erzengel: »Beschluss ohne Gegenstimmen angenommen.«

Im Abflug rauschte er dicht am Weihnachtsmann vorbei und zischte ihm ins Ohr: »Außerdem wäschst du sofort deine Handschuhe und übst gefälligst das Niesen in die Armbeuge! Vergiss nie, was bei all dem Geschenke- und Digitaltrara dein eigentlicher Job ist: Vor-bild-funktion!«

◇

»Wie viele Türchen hat ein Lockdownkalender?«, grübelte die Mutter seit ihrem Balkonfrühstück den lieben, langen Frühlingstag.

Wie sollte sie einen Beschluss fassen, wenn die wichtigsten Eckdaten fehlten? Die zugrundeliegende Frage der Tage beschäftigte, außer ihr, wohl ebenso den Rest der Welt. Jedenfalls zu großen Teilen, sie lag also voll im Trend. Das Unwägbare begreiflich, es anfassbar machen, kleine Geschenke für jeden überstandenen Tag der Isolation – das hätte in diesem Frühling garantiert auch Erwachsenen geholfen. Welch genialer Gedanke ihrer Tochter! Nicht nur für Eltern, um kindliches Gequengel auszuhalten. Momentan quengelten alle! Es wäre *die* Geschäftsidee dieser Zeit, die Leute würden sich darum reißen wie um nichts anderes, also von Klopapier und Terminen bei Lieferdiensten mal abgesehen. Sie könnte reich damit werden!

Würde ihr nur eine Lösung einfallen. Dummerweise kannte die Antwort aktuell niemand. Nicht einmal die Politiker, die es zu beschließen hatten. Vielleicht wusste das Virus mehr, aber das war recht schwer zu befragen. Und dem wollte Maria auch lieber nicht zu nahe kommen.

So verging dieser Apriltag, der vom Himmel leuchtend nach Fahrradausflügen oder Spielplätzen schrie, stattdessen zwischen Balkon und Küche, Abwasch und Aufräumen, mit Streit um unerledigtes Online-Learning und dem Gesellschaftsspiel. Letzteres wurde seit März allabendlich zelebriert. Meist Mensch-ärgere-dich-nicht oder Malefiz. Sie würde sich von all der Würfelei noch eine Sehnenscheidenentzündung holen. Während Mutter und Kind drinnen die Zeit von morgens bis abends totschlugen, zog die Sonne einsam ihre Runde über die Dächer der Hansestadt und deren verlassene Straßen.

Die Stimme des Weihnachtsmannes ist bekanntlich tief, ruhig, seriös und äußerst überzeugend. So verwundert es nicht weiter, dass es ihm gelang, das Sekretariat der hansestädtischen Regierung zum direkten Durchstellen zu überreden. Mit Hinweisen auf äußerste Dringlichkeit in der aktuellen Lage und der Andeutung interner Informationen, die absolute Diskretion erforderten, konnte er der netten Dame gegenüber sogar seine Identität verschweigen. Die Wartemelodie lies ihn nicht lange warten.

»Moin«, meldete sich der Bürgermeister.

»Guten Tag, Herr Bovenschulte«, grüßte der Weihnachtsmann zurück, verwundert über die lockere Art.

Er hatte den altehrwürdigen Bremer Senat seit Jahrhunderten eher steif, oder nennen wir es formell, in Erinnerung.

(Aber er glaubte die Regierung auch fälschlicherweise immer noch im weltbekannten Bremer Rathaus ansässig. Es war halt eine Weile her, dass Regierungen mit dem Weihnachtsmann kommunizierten.)

»Mit wem spreche ich?«, erinnerte der Bürgermeister ihn an die aktuell hergestellte Verbindung.

»Mit dem Weihnachtsmann«, rutschte ihm unbedacht heraus. *Oh je*, er wusste natürlich, dass dies im Jahre 2020 ein fataler Fehler war.

»Ich habe in dieser Lage absolut ganz und gar keine Zeit für ...«

»Bitte nicht auflegen! Entschuldigung! Weihnachts*markt*, wollte ich sagen, es geht um den Markt, existenziell!«, fuhr der Weihnachtsmann ihm ins Wort.

Dem Bürgermeister lagen die Bremer Märkte am Herzen. Gerade erst hatte er sich für das hervorragende ›Freipaak‹- Hygienekonzept der Schausteller eingesetzt und sich damit, gegenüber den anderen Bundesländern, recht weit aus dem Fenster gelehnt. Dieser verkleinerte, eingezäunte Ersatz für den Bremer Freimarkt war vor wenigen Tagen gestartet und stand wegen steigender Infektionszahlen nun gleich wieder in Frage.

Ob dieser Unbekannte möglicherweise doch Wichtiges zu sagen hätte? Neugierig fragte er: »Und um was geht es genau?«

»Ich muss unbedingt wissen, ob er stattfindet. Bitte. Sie dürfen den Weihnachtsmarkt keinesfalls ausfallen lassen!«

Das klang nicht nach spektakulären neuen Erkenntnissen. »Und, warum nicht?«

»Ich habe dort einen Nebenjob!«

Der Bürgermeister stöhnte.

»Ohne den bricht die Welt zusammen. Also, bricht Weihnachten zusammen, zumindest«, legte der Weihnachtsmann nach, weil sein Gesprächspartner die Wichtigkeit anscheinend nicht gleich begriff.

»Das wird jetzt noch nicht entschieden. Ich muss jetzt wirklich auflegen.« Im Hintergrund klingelten mindestens drei weitere Leitungen.

»Wann wird es entschieden?«

»Das wissen wir noch nicht. Der Senat beobachtet das Infektionsgeschehen und insbesondere wie sich diese Freizeitpark-Version vom Freimarkt bewährt. Die ist eine Art Test, auch für den Weihnachtsmarkt«, erklärte der Bürgermeister automatisch, weil er das in den letzten Tagen so oft sagen musste.

»Rufen Sie mich gleich zurück, wenn Sie es wissen!«, forderte der Weihnachtsmann.

Bovenschulte lachte leise. Es gehörte nicht unbedingt zu seinen Aufgaben, alle Bremer Bürger bei Neuigkeiten persönlich anzurufen. Aber in dieser Amtszeit lief sowieso alles anders, als er es sich vor der Wahl vorgestellt hatte und er hatte Verständnis, dass momentan alle leicht verwirrt agierten. Sogar dafür, dass seine Vorzimmerdame ihm einen namenlosen Weihnachtsmarktfan durchgestellt hatte. Er erklärte geduldig: »Sie erfahren es aus der Presse. Sobald wir eine Entscheidung getroffen haben, wird diese sofort veröffentlicht.«

»Na gut. Ja. Dann muss ich wohl warten. Frohe Weihnachten.«

»Das ist aber noch ein wenig hin«, meinte der Bürgermeister amüsiert.

»Ja, Macht der Gewohnheit.«

»Schönes Wochenende und bleiben Sie gesund.«

»Ja, Ihnen auch, also, Sie auch.«

Früher wäre ein persönliches Gespräch ergiebiger gewesen, erinnerte sich der Weihnachtsmann an so manchen Glühwein mit dem Bremer Senat. War die hanseatische Unterkühltheit einmal weg gewärmt, konnte man vernünftig mit den Herren reden, darum gab es den Weihnachtsmarkt sogar während der spanischen Grippe.

(Über die Folgen dachte er damals wie heute lieber nicht übermäßig nach. Man musste Prioritäten setzen.)

Und dieser Bovenschulte klang sogar nüchtern recht zugänglich, vielleicht hätte er ihn – face to face – ebenso überzeugen können. Verflixte Abstandhalterei, das widersprach seiner Natur. Den Anruf hätte er sich selbst, sowie dem Bürgermeister, ersparen können. *Hätte, hätte, Fahrradkette.* So schlau wie zuvor, schimpfte er auf sein Smartphone: »Tu nicht so. Du weißt doch nicht alles.«

◇

Als das unausgelastete Kind endlich im Bett war, lümmelte Maria sich auf das Sofa und zückte ihr Smartphone. *Alles gab es schon einmal und das Internet weiß alles.* Irgendwo in diesen unermesslichen Weiten gesammelter Menschheitsgedanken musste es Vorbilder für ihren Lockdownkalender geben.

Ihre Webrecherche entführte sie nicht so weit zurück in der Zeit wie sie, zwecks Ablenkung von der nun wochenlangen Abschottung, gehofft hatte.

Überraschenderweise gehörten Adventskalender

erst seit dem neunzehnten Jahrhundert zum christlichen Brauchtum. Damals gab es zum Beispiel vierundzwanzig Bildchen an der Wand oder einfach nur weg zu wischende Kreidestriche. Eine Weihnachtsuhr wurde täglich gestellt oder eine Adventskerze bis zur nächsten Markierung abgebrannt.

Alles nicht wirklich modernisierbar, seufzte die Mutter. Einzelne Strohhalme in eine Krippe legen, oder Kreidestriche von der Küchentapete wischen, würde ihr Kind wohl kaum hinter dem Monitor hervorlocken. Denn zwangsweise fürs Online-Learning, hatte es gerade erst einen eigenen Computer bekommen. Opa sei Dank fürs Sponsoring. Das Gerät konnte leider einiges mehr, als Schulaufgaben runterladen oder Wandbildchen umdrehen. Eine neue, grenzenlose Welt, die ihre Kleine nun extensiv erforschen wollte.

Der nächste Satz schien Maria schon spannender: »1838 steckte der Hamburger Johann Heinrich Wichern, Leiter einer Einrichtung für sozial benachteiligte Kinder, zwanzig rote und vier weiße Kerzen auf ein altes Wagenrad.«

»Wie cool«, kicherte sie. »Eine Kreuzung von Adventskranz und Kalender! Anscheinend haben nicht nur die internationalen Weihnachtsmänner und Nikoläuse gemeinsame Wurzeln, sondern auch Kranz und Kalender. Wann die beiden sich wohl getrennt haben?«

Ein kurzer Ausflug zur Geschichte des Adventskranzes brachte keine dramatische Trennungsgeschichte zum Vorschein. Der machte mit seiner Sonntagszählung ebenfalls die Wartezeit sichtbar. Viel mehr steckte nicht dahinter. Ob Wagenrad oder Holzrad genannt, alle anderen Webseiten verwiesen bezüglich dem Prototyp ebenfalls auf Wicherns Kinderheim, das ›Rauhe Haus‹ in Hamburg. *Also wurde der Adventskranz, samt Adventskalender, tatsächlich erst vor weniger als 200 Jahren erfunden. Hier im Norden, quasi um die Ecke von Bremen. Dann ist das gar keine uralte Tradition von irgendwo, was ich vermutet hätte – hätte ich jemals darüber nachgedacht.* Sie scrollte zurück zu diesem Ursprung, also dem Kinderheim-Kerzenkranzkalender und stellte ihn sich bildlich vor. Ihre Fantasie hängte ein riesiges, verschlissenes Speichenrad, mit Stahl beschlagen, in einer dämmerigen, nach feuchtem Holz müffelnden Diele, an schweren Ketten unter die Decke. Es drehte sich langsam, die Kettenglieder knarzten, von unten staunten viele Kinderaugen hinauf.

Ja! So ein endloser Kranz wäre vielleicht ein guter Ansatz! Nur müsste irgendetwas reizvolleres da dran oder drauf, statt Kerzen und nicht vierundzwanzig von diesem was-auch-immer, sondern eine beliebige Anzahl. Das könnte man im Kreis ständig weiter runderneuern, bis das Ende feststehen würde.

Aber irgendwie ist endlos zählen, ohne Ziel in Sicht, doch unbefriedigend. *Okay, das Kernproblem mit dem Ende schiebe ich noch eine Weile auf.* Beginnen wir mit dem Anfang, ab wann zählten Adventskalender? Entweder nach dem Kirchenjahr ab dem ersten Advent oder nach dem profanen Jahr ab ersten Dezember. Was heißt das für unseren Lockdownkalender, beginnt der rückwirkend am sechzehnten März, dem Tag der Grenz- und Geschäftsschließungen oder einfach jetzt? Und wo ist *jetzt* auf einem Rad? *Das könnte ein philosophisches Problem werden.* Maria beschloss, Alternativen zum Rad zu recherchieren, landete aber beim nächsten Modell direkt wieder in einer Sackgasse:

Lebendige, begehbare Adventskalender mit Gesang oder Gedichten, bei Fenstern, Häusern oder Kulissen waren grandios! Aber die setzten das Treffen von Personen voraus.

»Sehr witzig«, murmelte sie frustriert. »Das ist dann wohl das exakte Gegenteil einer guten Idee.«

Ihr Lockdown-Kalender sollte ja gerade begreiflich machen, wann solche Treffen mit anderen wieder stattfinden dürfen. Also las sie weiter:

»Nach den kirchlichen, historischen und familiären Adventskalendern, von denen einige unverändert in Gebrauch sind, kamen kreative, aber auch kommerzielle Adventskalender.«

»Was sich nicht widersprechen muss. Kommerz kann kreativ und Kreativität kommerziell sein. Gerade beim Adventskalender gelingt die Symbiose oft recht gut und befruchtet sich gegenseitig«, grinste Maria. Denn inzwischen sind der Phantasie kaum noch Grenzen gesetzt, man findet passendes für fast jeden Geschmack in Adventskalenderform: Alkohol wie Likör oder Bier, Bonbons und Pralinen, natürlich Spielzeug aller größeren Hersteller, aber auch Haushaltswaren, CDs, Hörbücher, Räucherkerzen, Tee oder Kaffee und vieles mehr. Firmen oder Fabriken aller Art produzieren eigene Kalender mit ihren Produkten in vielfältigsten Größen, Formen und Farben. Und für alles was es noch nicht fertig zu erwerben gibt, stehen Bastelanleitungen online. Insbesondere Partnerkalender und Erotik-Kalender, zum Beispiel mit bunten Kondomen oder Sexspielzeug, sind begehrt. Neben Erwachsenen und Kindern wurden auch Haustiere, überwiegend Hund oder Katze, als Zielgruppe entdeckt. *Sexspiele für Hunde oder ein begehbarer Mäusebau-Kalender für Katzen wäre vielleicht noch eine Marktlücke,* schweifte Maria vom Ziel ihrer Suche ab. Das taugte aber beides nicht als Geschäftsidee einer daheim arbeitenden Mutter. Das Kind würde es früher oder später zu Gesicht bekommen. Was von beidem wäre dann anstrengender: Die Erklärungsnot für den Tod der Mäuse oder das Ausprobieren des Hundespielzeugs zu unterbinden?

Sie trat an ihre Balkontür und beobachtete, wie so oft in diesen Tagen, die ungewohnt vielen, gelassenen Vögel in den Vorgärten sowie mitten auf der Straße. Diese sorglose Freiheit direkt vor ihrer Nase konnte neidisch machen. Sie träumte davon wie die Erfindung des Lockdownkalenders ihr Millionen bescheren würde. Wie die finanziellen Sorgen als Alleinerziehende, die jetzt ohne Einnahmen nicht gerade besser wurden, endlich ein Ende hätten. Wie sie aus dem Leid aller ihr persönliches Glück machen könnte: *Was Amazon kann, kann ich auch! Nur wie?*

Neben dem endlosen und dadurch trostlosen Wagenrad, kommt die Tradition mit dem Stroh einer unübersichtlichen Anzahl noch am nächsten, überlegte sie. *Aber wirklich funktionieren wird das auch nicht.* Weder mit einem verwöhnten Kind dieses Jahrhunderts, das ›richtige‹ Geschenke erwartete, noch mit kauffreudigen Erwachsenen, denen sie dafür Strohballen schmackhaft machen müsste. *Nee, die lässt sich keiner andrehen. Obwohl, warum nicht, bestimmt alles*

eine Frage des Marketings. Wer Klopapier in strohbal-
lengroßen Stapeln hamsterte, wäre vielleicht auch so
blöd ... Quatsch. Maria fluchte. Zu laut, das schlafen-
de Kind im Nebenzimmer könnte sie hören. Flugs
presste sie die Lippen an das Balkontürglas.

So kam sie nicht weiter. Ob Säckchen oder Türchen, winzig für die Handtasche oder riesig begehbar,
ob im alten Ägypten oder modernen Europa, alle
Kalender der Weltgeschichte hatten eine äußerst är-
gerliche Gemeinsamkeit: Die Anzahl Tage stand von
vorneherein fest.

Die des Lockdowns nicht. Ohne Zielpunkt funktioniert Vorfreude nicht. Jedes Problem enthält seine Lösung, aber die Lösung war hier gleichzeitig das
Problem. Mit erwachsener Denkweise würde sie sich
an diesem Punkt ewig im Kreis ums Wagenrad dre-
hen. Wie war das im Gespräch heute morgen? Ihr
lösungsorientiertes Kind hatte nicht nur den Wunsch
geäußert, sondern auch einen Hinweis zur Erfüllung
mitgeliefert: Die Frage, ob der Weihnachtsmann seine
Sommerpause nicht mit anderen guten Taten verbrin-
gen könnte war interessant. Nicht, dass sie an Adventsgestalten glauben würde, aber hier und da hatte
sie von menschlichen Vertretern gehört, zum Beispiel
in Orten mit weihnachtlichen Namen.

Von Himmelpfort und Himmelsthür bis Engels-

kirchen, es gab für Weihnachtswünsche und Advents-
post doch diverse Postämter oder Vereine? Experten
fragen konnte nie schaden.

Sie googelte den Weihnachtsmann, fand auf Rang
eins der Suchergebnisse seine Wunschzettelgruppe
und meldete sich an. Das heißt, sie registrierte sich
als Tomke, denn der Login war nur Kindern gestattet und Maria wagte dann doch nicht beim heiligen
Mann über ihr Alter zu lügen. *Ob es weniger gelogen ist,
mich als meine eigene Tochter auszugeben?* Sie rechtfertigte dies vor sich selbst damit, tatsächlich im Interesse
ihres Kindes unterwegs zu sein.

(Eine von Erwachsenen übrigens gern und häufig
genutzte Ausrede für Indiskretionen.)

*Was Kinder sich alles wünschen! Und wie erstaun-
lich klug die Antworten des heiligen Mannes sind, hey,
der ist gut: Dein Wunsch ist dein Wegweiser, danach
brauchst du sofort den nächsten. Den muss ich mir mer-
ken. Wenn die Wünsche wieder reihenweise aus dem
Kindermund prasseln.*

Je länger die Mutter lächelnd durch die Gruppe
scrollte, umso mehr vergaß sie, dass sie die Kommen-
tare einer Fantasiefigur las.

In surrealen Zeiten wie diesen wäre die Existenz des
Weihnachtsmannes nicht das Seltsamste unter den
Weltereignissen. Irgendwie hatte Tomke darin Recht:

Kann ja keiner sicher wissen. Am Ende der Texte war sie, dankbar für ein Stück heile Welt, komplett in die Realität der Wunschzettelgruppe eingetaucht und ihrer eigenen entrückt.

Der letzte Eintrag war vom Januar. Ein kleines Mädchen beschwerte sich darin über eine sprechende und pinkelnde Puppe, die bereits wenige Tage nach dem Fest an Blasenverstopfung litt. Der Weihnachtsmann hatte freundlich aber konsequent geantwortet, er könne in seiner Funktion als Lieferant leider keine Garantien für batteriebetriebene Geschenke übernehmen. Aus rechtlichen Gründen dürfe er auch keine medizinischen Ratschläge geben. Sie möge sich bitte an den Hersteller oder einen qualifizierten Puppendoktor wenden.

Immerhin hatte er also nach den Feiertagen nochmal in die Gruppe geschaut, aber ob das bei sommerlicher Hitze mitten im April auch der Fall sein würde? Einen Versuch war es wert. Maria tippte:

»Lieber Weihnachtsmann,

ich wünsche mir einen Lockdown – Kalender. Nicht zu Weihnachten, sondern jetzt. Dafür verzichte ich, wenn es sein muss, auf meinen Kalender im Advent. Denn wann Weihnachten ist, kann ich selbst schon ausrechnen. Aber nicht, wann wir endlich am Ende des Lockdowns sind! Mir ist durchaus bewusst, dass es gewisse Schwierigkeiten bei Bestimmung des Endtages gibt, aber du weißt doch sicher Rat? Der Weihnachtsmann weiß schließlich alles!

Danke! Deine Tomke«

Beim Nachlesen berührte Maria ziemlich unvorsichtig den Senden-Button.

Mist! Sie wollte doch vorher ein paar kindliche Schreibfehlerchen einbauen. Und, oh je, ›mir ist durchaus bewusst‹ klang auch nicht gerade nach der Formulierung einer Neunjährigen. Zumindest, wenn man Tomke nicht kannte.

Na ja, wenn der Weihnachtsmann wirklich alles wusste, dann kannte er auch die manchmal gestelzte, erwachsene Sprache ihrer Tochter. Ja wenn ... *nochmal Mist und dreimal Mist!* Wenn er alles wusste war egal, ob er Tomkes Redeweise kannte. Denn dann wüsste er ebenso, *wer* sich hier unter falschem Namen angemeldet hatte.

Erst denken, dann handeln, schalt Maria sich selbst und suchte verzweifelt die Löschfunktion. Es gab aber keinen Menüpunkt dafür. Auch keine Return-Taste. Die europäischen Datenschutzgesetze galten nicht für Weihnachtsmänner, ob sie nun am Nordpol oder hinter den Wolken wohnten war einerlei. Ein Wunsch, den man an den Himmel schickt, der steht für alle Zeit geschrieben. Den kann man nicht widerrufen.

◇

Gedankenverloren wischte der Weihnachtsmann sich durch seine Wunschzettelgruppe. Wie sollte er das alles ohne Nebenjob finanzieren? Gereizt fegte sein Finger über das Display, die Beiträge sausten weit nach unten.

Da entdeckte er einen Post, der ihm total entgangen war: »Tomke, erster Beitrag, neu in der Gruppe.«

Wie konnte das passieren? Ein Blick aufs Datum: April! *Aber nicht der erste, also war das ernst gemeint. Ach du meine Güte, jetzt beginnen bereits Kinder mit Weihnachtswünschen im Frühling!*

Wenn das Schule machte, könnte er seine Sommerferien bald vergessen. Dann würde sein himmlisches Netzwerk noch überlaufener und unübersichtlicher werden als Facebook. Er kratzte sich nachdenklich am Ohr. Ausgerechnet am linken, an dem bis dahin der Mundschutz gebaumelt hatte, der infolgedessen wie eine Engelsfeder schaukelnd auf den Boden segelte.

Mistding. Ob die das noch hinkriegen? Sein nächster Termin bei der Engelnäherei war, dem Himmel sei Dank, in Kürze.

Was zum T ... wünschte die Kleine sich? Einen Adventskalender für den Lockdown?

Oh, dafür war er nun doch zu spät. Im Nachhinein ist man ja immer schlauer, aber mittendrin war er auch nicht klüger als die Politiker gewesen.

Was könnte er jetzt, Monate später, noch tun? Mit einer Floskel antworten, nur um zu antworten, oder konkret etwas zum aktuellen Adventskalender beisteuern? Der Weihnachtsmann las den absonderlichen Frühlingswunsch noch einmal gründlich. Der Text klang nicht ausgesprochen kindlich. Vermutlich hatten die Eltern ihre Finger im Spiel, beziehungsweise auf der Tastatur. Entgegen Marias Befürchtung störte ihn das absolut nicht. Im Gegenteil: Bei kleineren Kindern war es nicht ungewöhnlich und selbst bei älteren gab es gelegentlich noch verantwortungsvolle Erziehungsberechtigte, die den Mediengebrauch ihrer Kinder begleiteten. Also, so ganz vereinzelt.

Er blätterte in seinem goldenen Buch. Beziehungsweise in der ›Goldenes-Buch-App‹, in der alle Kinder aller Zeiten gespeichert waren. Von den Sünden des kleinen Kain an, der schon vor der Sache mit seinem Bruder einige Flausen im Kopf hatte, bis heute.

Der dicke Wälzer, den er mit sich rumschleppte, war seit Fortschreiten der Digitalisierung überwiegend Attrappe. Er diente nur noch als überdimensionierte, aber eindrucksvoll glänzende Hülle, für ein paar jährlich wechselnde aktuelle Ausdrucke.

Aha, da stand sie: »Tomke, 9 Jahre, glaubt nicht mehr an den Weihnachtsmann, aber immer noch an den Osterhasen, kein eigenes Handy, kein Computerzugang. Name der Mutter: Maria, alleinerziehend. Vater: Binnenschiffer, kaum Kontakt. Opa: Seemann, gelegentlicher Kontakt. Familienbudget gering.«

Der Weihnachtsmann schüttelte missmutig den Kopf. Ein Kind, das nicht an ihn glaubte, würde ihm wohl kaum schreiben. Folglich hatte die Mutter nicht begleitet, sondern sich selbst als ihre Tochter ausgegeben, ohne das mit ihr abzusprechen. Seltsam, dass Eltern immer Ehrlichkeit von ihren Kindern erwarteten, derweil sie selbst trickten und schwindelten.

Ob das mit dem Osterhasen noch stimmte?, fragte er sich nebenbei. Er hatte diesen Eintrag seit drei Jahren nicht mehr aktualisiert und die Software veränderte nur Alter, Wohnsitz, Familienstand und finanzielle Situation der Kinder von selbst. (Und auch das nur dank des findigen Programmierengels, der sich in die Datenbanken von Einwohnermeldeamt sowie

Finanzamt gehakt und eine direkte Vernetzung zur Himmelsapp geschaffen hatte.)

Die Gedanken des Weihnachtsmannes schweiften zurück in den Frühling dieses ungewöhnlichen Jahres.

Während er seine wohlverdienten Ferien auf Wolke sieben genoss, die Technikengel den Schlitten renovierten und der Osterhase erstaunt durch plötzlich menschenleere Straßen hoppelte, hatte diese arme Frau vermutlich in einer kleinen Zwei-Zimmer-Wohnung gehockt. Ganz allein mit ihrer Tochter. Alleinerziehende traf der Lockdown ja besonders hart, ohne Partner für abwechselnde Betreuungsaufgaben oder als mentaler Puffer zwischen sich und den Kids. Dazu verdonnert, den staatlichen Bildungsauftrag mittels Online-Learning durchzusetzen. Gegen früh- oder richtig pubertierende Kinder, die sich von Mama nichts mehr sagen lassen, aber trotzdem den ganzen Tag von ihr unterhalten werden wollten. Und während andere längst wieder arbeiteten oder nach Mallorca flogen, waren die Sommerferien für diese, finanziell meist benachteiligten, Mütter eine fast nahtlose Verlängerung des Arbeitsverbotes. Als einzig nennenswerte Lockerung galt wohl die Erlaubnis zum Besuch der Spielplätze.

Diese Überlegungen stimmten ihn milder. Wenn eine erwachsene Frau sich in ihrer Verzweiflung gar an den Weihnachtsmann wandte, musste die Not groß gewesen sein. Hätte er bloß früher hinein geschaut, vielleicht wäre ihm doch etwas eingefallen!

Aber wer rechnete denn mit Weihnachtswünschen im Frühlingsurlaub? Bisher hatte er konsequent auf seine medienfreie Zeit bestanden, er war schließlich ein alter Mann. Ständige Erreichbarkeit betrachtete er als eine nervenaufreibende Selbstverpflichtung der Jugend. Ältere Leute waren davon ausgenommen und ganz besonders uralte Saisonarbeiter wie der Weihnachtsmann! Doch nun musste er diesen Luxus überdenken. Die Zwangsdigitalisierung machte anscheinend auch vor den Himmelspforten nicht halt.

Hoffentlich hatte die Mutter allein eine kluge Lösung gefunden.

Die Mutter hatte sich jeden Abend in die Gruppe des Weihnachtsmannes eingeloggt und auf eine Antwort gehofft. Als bis Ende April nichts kam und sie den Beschwerde-Post bezüglich der pinkelnden Puppe, der vor ihrem Text stand, auswendig kannte, gab sie ihren neugewonnen Glauben an den Weihnachtsmann wieder auf. Ohne magische Hilfe blieb nur noch ihre eigene Idee, die des endlosen Kalenders.

Ein altes Kutschen-Wagenrad hatte sie zufällig nicht im Haus, auch keinen großen Holzring. Doch auch kleine Ringe konnten flexibel sein: Liebevoll strich Maria über ihren entrollten roten Adventskalender und legte alle Ringe in eine Richtung. Womit sollte sie ihn füllen?

Zum Winter hätte es auch im Supermarkt massenhaft kleine Adventsartikel oder Miniaturgeschenke gegeben, aber jetzt im Frühling schien das nicht gefragt. Alle anderen Läden waren noch geschlossen. Glücklicherweise hatte sie fortlaufend Kleinkram in einer Kellerkiste gesammelt. Für Kindergeburtstage sowie Adventssäckchen. Darin wühlte sie nun sortierend herum. Alles mit eindeutigen Weihnachtsthemen flog zur Seite, der Rest kam in Frage. Figürchen und Plastiktiere, Stifte und Pixi-Büchlein, Magnet-Lesezeichen, Seifenblasen, bunte Büroklammern, Kügelchen- oder Schiebespiele, sie staunte wie jedes Mal: *Wie viel Krempel einem doch von selbst zuläuft!* Bei der Mehrzahl handelte es sich um Werbeartikel, nicht unbedingt pädagogisch hochwertig, aber günstiger konnte man Kalender nicht füllen. Solch eine Sammlung für alle Fälle anzulegen würde sie allen Eltern empfehlen, nicht nur für die nächsten potentiellen Lockdowns.

In einem Gefrierbeutel zusammengefasst fand sie ein ganzes Set Puppenstubenmöbel.

Oh, die hatte ich total vergessen, ist Tomke nicht mittlerweile zu alt dafür?

Vor rund fünf Jahren hatte sie tagelang die privaten Angebote auf Ebay verglichen und letztlich gleich zwei komplette Einrichtungen ersteigert.

»Auch Themen sind recyclingfähig«, rechtfertigte sie damals ihren Doppelkauf vor sich selbst. »Man kann mehrmals mit Gleichem füllen, solange es nicht haargenau dasselbe ist.«

Zwei vollständige Ausstattungen für nur eine Puppenstube war natürlich Unsinn. Wer brauchte schon zwei Badewannen, plus zwei Duschen, zwei Küchenzeilen, vier Tische und fünf Betten. Vor allem, wenn allein das erste, umfangreiche Set nur knapp in die vier vorhanden Zimmer passte und genau dem Gesuchten entsprach: Naturbelassen aus stabilem Holz. Aber Maria konnte nicht widerstehen.

Denn das zweite Set war ein amerikanischer Möbeltraum in peppiger Kombination von pink und türkis mit weiß, der sie total faszinierte. Spätestens als sie die Abbildung der Twin Towers auf dem winzigen Fernseher entdeckt hatte, war klar, das musste sie haben! Fragiles Plastik aus den siebziger oder achtziger Jahren, fürs Kleinkind viel zu zerbrechlich und gewiss nicht schadstoffffrei, aber fürs heranwachsende Mädchen könnte später eine Renovierung und Modernisierung der Puppenstube attraktiv sein, begründete sie derzeit ihren eigenen Kaufdrang.

Dieses später war jetzt fast zu spät, oder? *Alles wiederholt sich,* grinste Maria und besah verliebt nochmal jedes Möbelstück. *So ein Design ist gerade wieder topaktuell. Wenn es mir gefällt wird meine Tochter wohl kaum zu alt dafür sein. So kommt ihre längst in der Ecke angestaubte Puppenstube zu neuen Ehren.*

Sie zählte die Teile. Wenn man die kleinen Accessoires wie Beistelltischchen, Vasen oder Tellerchen thematisch zusammenfasste, ergab es exakt vierundzwanzig.

Das ist blöd, falls der Lockdown länger dauert. Maria entschied, die Puppenmöbel doch bis zum kommenden Advent zu bewahren. Sie füllte die Säckchen mit einer bunten Zufallsmischung aus dem sonstigen Krimskrams, indem sie mit geschlossenen Augen in die Kiste griff.

Als alle Ringe beladen und der Kalender aufgehängt war, rief sie: »Tomke! Überraschung!«

Das Kind kam aus seinem Zimmer gestürmt: »Was denn? Wo denn?«

»Da hängt dein Lockdownkalender!«, zeigte die Mutter auf ihr Werk am Küchenschrank.

»Heißt das, in vierundzwanzig Tagen ist der Lock-down zu Ende?«, freute sich Tomke.

»Ich weiß es nicht«, gestand die Mutter.

»Dann bringt der Kalender auch nichts.«

»Es sind immerhin Geschenke, für jeden Tag zu Hause.«

»Okay, immerhin«, grummelte Tomke, nicht recht überzeugt.

»Vielleicht kommt das Ende sogar schneller, dann darfst du die restlichen Geschenke alle, alle, alle auf einmal auspacken!«, stellte Maria in Aussicht, ohne selbst daran zu glauben.

Als die Ringe der ersten zehn Tage leer waren und die Medien immer noch keine sichere Prognose abgaben, hängte Maria abends vier neue Säckchen in die oberste Reihe.

Am nächsten Morgen stand das Kind stirnrunzelnd vorm Kalender: »Mama, ich weiß nicht wie ich mich fühlen soll.«

Maria legte ihr den Arm um die Schulter: »Wie meinst du das?«

»Kapierst du nix? Das ist toll und doof zugleich.« Das Kind streifte den mütterlichen Arm ab wie eine lästige Fliege.

Maria verbarg ihre Enttäuschung über die im Lockdown ständig wachsende Abwehr ihrer Tochter gegen jede Nähe und hakte sanft nach: »Erzähl.«

»Also, soll ich mich jetzt über mehr Päckchen freuen oder mich ärgern, weil's noch länger dauert?«, erklärte das Kind in einem Tonfall, als wäre ihre Mutter schwer von Begriff.

»Im Zweifel würde ich mich immer für Freude entscheiden.«

»Na gut«, knirschte Tomke. »Besser als gar nichts.«

»Es kommt noch besser«, prophezeite Maria.

»Wie?«

»Ab jetzt wird der Kalender nie leerer. Es kommt jeden Tag ein neues Säckchen dazu. So wandert nur die Lücke zwischen den alten und neuen Geschenken langsam nach unten, bis du wieder oben anfängst.«

»Hoffentlich nicht«, sagte Tomke leise.

Heimlich fand sie tägliche Geschenke aber doch eine nette Idee von ihrer Mutter. Auch wenn die einerseits momentan total nervte, hatten sie andererseits einen guten Draht zueinander.

»Verflixt«, zischte der Weihnachtsmann dem armen Rudolf ins empfindliche Ohr, jetzt kam ihm doch eine Idee: Er hätte das Christkind nach einer Lösung für den Lockdownkalender fragen können! Das hatte schließlich einen direkten Draht zu seinem Vater. Soweit er beim Himmelsklatsch und Tratsch gehört hatte, kommunizierten die beiden sogar nahezu täglich via einen Messenger namens ›Telegram‹.

Er selbst musste leider ›WhatsApp‹ nutzen, da die Eltern der allermeisten Kinder nicht über Datenschutz nachdachten oder rational Qualität verglichen, sondern einfach taten was alle taten, weil alle es taten. »Ein für Menschen, Schafe und sonstige Rudeltiere leider normales Verhalten«, murmelte er.

Rudolf stampfte angesäuert mit den Hufen. Als geborenes Rudeltier fühlte er sich zu Unrecht pauschal verurteilt. Er hatte gar kein Handy. Und vermisste auch keines. Da er allerdings auch seine Artgenossen nicht vermisste, entsprach er wohl insgesamt nicht dem allgemeinen kommunikativen Rudeltierstandard.

Beruhigend kraulte der Weihnachtsmann sein treues Zugtier hinter den Ohren. Doch das Thema Lockdownkalender ließ ihm keine Ruhe. Für die kleine Tomke war er zwar zu spät dran, aber wer konnte wissen, ob sich solches Weltgeschehen nicht wiederholen würde? Dann wollte er gerüstet sein! Klar, einer könnte es wissen ... *der* Eine. Da der oberste Chef der Firma seit Jahrhunderten nicht mehr direkt mit den kommerziellen Außenvertretern des Geschäfts wie Pfarrern oder dem Weihnachtsmann sprach, tippte er eine SMS an dessen Sohn:

»Liebes Christkind, wärst du so nett, deinem Vater eine Frage von mir weiterzuleiten?«

»Frag ihn doch selbst«, antwortete das Christkind patzig.

Oh, da war wohl gerade wieder Familienkrach. Wie bei achtzig Prozent der Menschen Richtung Advent.

»Wo kann ich ihn denn erreichen, gibst du mir seine Telefonnummer?«, fragte der Weihnachtsmann, ohne viel Hoffnung auf ein Ja.

Das Christkind kicherte. »Vergiss es! Die Nummer kriege nicht mal ich. Aber ich gebe dir einen Tipp: Du findest ihn auf Telegram momentan unter dem Usernamen Gott3087. Doch eile dich. Immer wenn ihm zu viele lästig fallen, wechselt er die Nummer hinter dem Namen.«

»Na ja, wenn's nur die Nummer ist –
Gott bleibt er ja.«

»Glaubst du? Unter der Bezeichnung mit diversen Nummern tummeln sich haufenweise andere, aktuelle sowie längst ausrangierte Götter, plus jede Menge Fake-Profile. Da findest du den einzig richtigen nie!«

»Den finde ich schon allein deshalb nicht, weil ich kein Telegram habe. Meine Kunden nutzen alle WhatsApp, also musste ich mich dafür entscheiden.«

»Dein Problem.«

Das Christkind schien nicht weiter helfen zu wollen, vielleicht wusste der Programmierengel Rat. Den konnte er jedenfalls via WhatsApp erreichen:

»Weißt du, ob Gott auch WhatsApp nutzt? Ich hätte da eine Frage an ihn.«

»Niemals!«, schrieb der Programmierengel zurück. »Stell dir das doch mal vor: Gottes Profil, analysiert von der Gesichtserkennungssoftware eines Marc Zuckerberg!«

»Aber er kann doch nicht ewig gestrig bleiben? Alle nutzen WhatsApp! Er verliert den Kontakt zu unseren Kunden!«, protestierte der Weihnachtsmann.

»Telegram ist das Gegenteil von gestrig. Kein halbwegs erfahrener Programmierer oder sonstiger Experte nutzt heute noch den fehlerbehafteten Marktführer – nur weil alle das tun. Sondern eines der werbefreien, schnelleren und besser geschützten Systeme. Dann ist das für den Allwissenden doch wohl erst recht selbstverständlich.«

»Ach. Dann muss ich mich zwischen dem Kontakt zu Gott oder dem Rest der Menschheit entscheiden?«

»Lieber Weihnachtsmann, du musst gar nichts entscheiden! Du kannst Telegram problemlos *zusätzlich* auf demselben Gerät installieren, also beide nutzen.«

»Gleichzeitig?«

»Installieren ja. Nutzen lieber abwechselnd. Dein Handy kommt ja auch langsam in die Jahre, zu viel gleichzeitig öffnen mag das nicht.«

Wie sein altes Gerät konnte der Alte ebenfalls nicht zu viel gleichzeitig. Stundenlang suchte, tippte und sprang er auf seinem Smartphone durch die Apps. Ein seelenruhig vorbei flatterndes Putt-Engelchen erschrak fürchterlich vor den wütenden, so gar nicht himmelsgerechten Verwünschungen, die aus dem alten Holzschlitten erklangen. Es beschleunigte fluchtartig auf Warp-Geschwindigkeit bis zum nächsten Sonnensystem.

Der Weihnachtsmann war fix und fertig sowie in Gänze schweißgebadet bis er Telegram installiert, die Grundfunktionen begriffen, den Nutzer Gott3087 gefunden und ihm eine Nachricht gesendet hatte.

Noch mehr Stunden hockte er anschließend nahezu reglos auf dem Kutschbock, auf Antwort wartend.

Es kam keine.

Nun erfuhr er am eigenen Leibe wie Maria sich, seit ihrem Wunschzetteleintrag vom Frühling bis heute vergeblich auf seine Antwort wartend, gefühlt haben musste.

Er sollte ihr jetzt sofort antworten. Selbst wenn es für einen Lockdownkalender im Oktober zu spät schien, wenigstens ein Lebenszeichen von sich geben, auch ohne Gottes Hilfe.

Sein Timer piepte.

»Technischer Schnickschnack. Klaut einem die Zeit, total überflüssig«, machte er seinem Unmut Luft. »Der Weihnachtsmann vergisst niemals einen Termin!«

Was natürlich gelogen war. Sogar der Handyalarm zur Abfahrt am Heiligen Abend hatte ihn mal eiskalt beim Stall ausmisten erwischt. Das Rentier staunte damals nicht schlecht als sein Herr, statt neues Stroh einzustreuen, plötzlich panisch die Forke auf die Mistkarre und ihm hastig das Geschirr überwarf. Seit es digitale Erinnerungssysteme gab, hatte das Gedächtnis des Weihnachtsmannes einen Gang runter geschaltet. Oder lag es am Alter? Wie auch immer, er hatte wichtigeres zu tun als Gottes Antwort abzuwarten: »Jetzt aber auf in die Engel-Näherei! Rudolf, wir sind spät dran, gib Gas!«

◇

In einer Pandemie haben Mütter wichtigeres zu tun als die Antwort des Weihnachtsmannes abzuwarten. Maria hörte aufgrund ständig neuer Ereignisse und Regelungen nun täglich Radio. Zuvor hatte sie peinlich darauf geachtet, das Kind mit Nachrichten zu verschonen. Doch seit dem Frühling 2020 schien es unabdingbar den ganzen Tag auf dem Laufenden zu bleiben. Dass ihre Tochter dadurch auf einmal die volle Breitseite des Mord und Totschlags der Erwachsenenwelt mitbekam, schien ihr bedauerlich, aber unvermeidlich. (Eine der unzähligen kleinen Nebenfolgen, deren Langzeitwirkung auf diese Kindergeneration wir heute noch nicht ansatzweise einschätzen können.)

»Es gibt Lockerungen«, behauptete der Nachrichtensprecher in der zweiten Aprilhälfte.

»Und wo finde ich die, bitteschön?«, klagte Maria noch wochenlang. Und hängte weiterhin täglich ein neues Päckchen an Tomkes Lockdownkalender.

Denn was folgte, drehte sich gefühlt nur um Fußball, Flugzeuge und Sommerurlaubsreisen. *Um die Freiheit der anderen.* So sehnsüchtig sie auch am Radio hing – ähnlich hatten die Familien wohl in Kriegszeiten am Volksempfänger geklebt – es kam und kam und kam kein konkretes Wort über Schulen.

Das ist ja sinnloser, als warten auf den Weihnachtsmann, verzweifelte die Mutter.

Etwas Hoffnung weckte eine E-Mail von der Grundschule zum Schulstart am fünften Mai. Wirklich nennenswerte Entlastung brachten die dann folgenden ein bis zwei stark verkürzten Schultage die Woche, beschränkt auf Viertel- bis später Halbklassen, aber nicht. Zwischen dem aufgrund der Umstände verpflichteten Bringen und Abholen ihrer Tochter blieb höchstens Zeit für ein paar Telefonate und einen Kaffee.

Dreimal mit dem Finger geschnippt, schwuppdiwupp waren Sommerferien. Sie saßen weiterhin allein zu zweit daheim, während andere ihre Betriebe hochfuhren, ihren Job fast normal ausübten oder dicht gedrängt im Flieger gen Süden jetteten. An Arbeit war bei Vollzeit Kinderbetreuung für Alleinerziehende nicht zu denken. Für Maria, wie fast alle Eltern und Kinder, wurde das angebliche Ende des Lockdowns erst Ende August nach den großen Ferien spürbar – dank halb normalem Schulbetrieb.

Puh, so langsam gingen mir auch echt die Ideen für die Kleinstgeschenke aus, seufzte die Mutter, als sie Tomkes Lockdownkalender von der Wand nahm und einrollte. *Am besten bereite ich den bei nächster Gelegenheit gleich für den Advent vor. Im Keller verstauen lohnt jetzt gar nicht mehr.*

Das Radio blieb täglicher Begleiter.

Im September kam am Rande und von vielen fast unbemerkt, eine zweite Seuche in den Nachrichten hinzu: Die afrikanische Schweinepest. Anders als Erwachsene, die sofort verdrängen was sie nicht persönlich betrifft, saugte Tomke jeden Bericht auf und bewegte ihn in ihrem Herzen: »Mama, gibt es dann auch einen Lockdown für Schweine?«

»So ähnlich …« Maria richtete sich auf dem Sofa auf, in das sie mit ganz anderen Sorgen versackt war, als ihre Tochter ins Wohnzimmer gestürmt kam. Bevor der Sprecher noch mehr Unheil anrichten konnte, schaltete sie den Rundfunk aus und sagte: »Schweine sind doch sowieso eingesperrt.«

Tomke kauerte sich mit angezogenen Beinen auf die Armlehne der Couch: »Und werden trotzdem krank?«

»Ja, es gerät über das Futter oder über die Mitarbeiter oder über neu hinzu gekommene Tiere in den Stall.«

»Und dann werden die kranken Tiere isoliert – wie wir bei Corona?«

»Ja«, log die Mutter spontan, korrigierte sich aber sofort: »Äh, nein. Vorsorglich werden alle Schweine in dem Betrieb getötet. Oft auch noch die in anderen Ställen, in einem festgelegten Umkreis.«

»Was für ein Umkreis?« Das Kind kippelte sturzgefährlich mit umschlungenen Beinen auf der Lehne und knabberte am eigenen Knie. Maria unterdrückte den Schutzimpuls es festzuhalten und antwortete vage: »Viele Kilometer.«

»Aber doch nicht von ganz anderen Besitzern? Die gar nicht bei denen waren?«

»Ja. Doch. Sogar bei privaten Haltern von Minischweinen.«

Tomke löste ihre Selbstumklammerung, sprang entsetzt von der Lehne und schrie: »Die töten gesunde Tiere? Und auch Haustiere?«

»Ja«, bestätigte Maria betont leise. In der vergeblichen Hoffnung, die aufgeregte Stimme ihrer Tochter würde sich ihrer Lautstärke anpassen.

»Obwohl Schweine immer im Lockdown leben?

Gar nicht raus dürfen und sich auch nicht beschäftigen? Quarantäne bringt also gar nichts?«

»Doch. Schon. Das ist doch bei denen nur ... sicherheitshalber.«

Fassungslos warf sich Tomke im freien Fall von der Lehne auf die Sitzfläche des Sofas. Wenigstens minderte sie ihre Aussprache, nun direkt am Ohr der Mutter, um ein paar Dezibel: »Die spinnen ja! Das ist bei Menschen doch noch viel unsicherer! Die Schweine können nicht sagen, ich hab heute keine Lust mich an die Regeln zu halten und in die Kneipe gehen.«

Maria stellte sich eine Reihe Schweine auf Barhockern am Tresen vor und gluckste amüsiert, wofür Tomke sie mit einem bitterernsten Blick tödlich strafte. Maria versackte fast wieder in den Polstern, diesmal vor Scham über ihr eigenes Lachen.

Dann flüsterte die Kleine fast: »Und – wie viele müssen sterben?«

»Das wird regional entschieden.«

Tomke war im Verlauf des Gesprächs immer bleicher geworden, nun wusste sie genug: »Jetzt verstehe ich das!«

»Was?«

Sie stellte mit zitternder, aber trotz tödlicher Aussichten tapfer gefasster Stimme fest: »Im Radio hieß es, in Deutschland wird bei Corona jetzt auch regional entschieden.«

◇

»Ich hätte da eine Idee«, erklang es zaghaft aus einer Ecke der Engel-Nähstube.

Zwischen den Flügeln der ihn umrauschenden großen Nähengel hindurch erspähte der Weihnachtsmann ein viel kleineres Wesen.

»Auch das noch«, dachte er. Eines von diesen molligen Putt-Engelchen, mit denen er alljährlich im Streit lag. Er verdächtigte sie, für den Süßigkeitenschwund in der Adventszeit verantwortlich zu sein. Das konnte er natürlich nicht beweisen, aber alles sprach dafür: Wer sollte sonst, Saison für Saison, Naschereien von seinem am Firmament geparkten Schlitten stibitzen? Menschliche Astronauten? Die würden ebenso auffallen wie größere Engel. Und die Figur dieser Winzlinge bewies ja wohl, dass sie sich nicht ausschließlich von der gesunden, zuckerfreien, biologisch-veganen Himmelsküche ernährten!

Er hatte Einzelne angesprochen, die natürlich alles abstritten. Ihre Speckröllchen kämen durch die gehaltvolle Engelsmuttermilch, etwas anderes bekämen und dürften sie noch gar nicht. Und dann hatten sie auf seinen eigenen runden Bauch gewiesen, als ob das ein Gegenbeweis wäre! Pah, die waren wie alle Kinder. Wo es Süßes gab, wurde heimlich genascht und selbst mit Schokoladenmund noch alles geleugnet. Das kannte er zu Genüge von seiner Arbeit, die Engelchen konnten ihm nichts vormachen.

Trotz seinen Vorbehalten fragte er zurück: »Was für eine Idee?«

»Spinnenengelchen«, piepste das Putt-Engelchen und wischte sich eine Flügelfeder aus dem Gesicht, als es zwischen den anderen Engeln hindurch trat.

Die Vorstellung von dünnen Spinnenbeinen passte so gar nicht zu den rundlichen Stampfe-Schenkeln, auf denen das Kleine vor ihm stand. »Was soll das sein?«

»Kennst du die nicht? Die könnten dir vielleicht eine Maske nach Maß spinnen.«

»Nie gehört.«

»Tja, ihr Großen achtet eben viel zu wenig auf das Kleine!«

»Es gibt – Spinnenengel?«

»Klar. Sie haben dich gewiss auch schon umschwirrt. Lange Beine, dürrer Leib, lange Flügel.«

Zu dieser Beschreibung kamen dem Weihnachtsmann diverse Insekten in den Sinn, von denen er nie welche als Engel entlarvt hatte. Mit dem typischen Kribbeln im Nacken, das jeden bei zu ausgiebigem Nachdenken über viele kleine Insektenbeine überkommt, täuschte er Erkenntnis vor: »Ach so, ja doch, die meinst du. Kennst du welche persönlich? Ich meine, kannst du sie fragen?«

»Klar, Mann«, lachte das Engelchen, nahm über mehrere Wolken hinweg Anlauf und flatterte mit wild schlagenden Stummelflügelchen davon.

»Klar, *Weihnachts*-Mann«, korrigierte der Weihnachtsmann leise und hoffte inständig, Putten samt Spinnenwesen würden bleiben, wo der Pfeffer wächst.

Kleine Pfefferwünsche straft der Herr sofort, dachte der Weihnachtsmann rund eine Stunde später niesend. Seine Nase kitzelte gottserbärmlich, sein ganzes Gesicht juckte und er musste all seine heilige Kraft aufbringen, um dennoch still zu halten. Drei fleißige Spinnenengel krabbelten, webten und flochten in seinem Bart herum. Mehr als einmal konnte er nur knapp den Reflex unterdrücken, sich mit dem Fäustling zu kratzen oder sich gar auf die Wange zu schlagen. Was Spinnenengelchen wohl kaum besser bekommen wäre als Mücken. Manchmal war es nicht leicht, kein Tiermörder zu werden.

Es war Maria nicht leicht gefallen, Tomke davon zu überzeugen, dass Menschen keinesfalls wie Schweine geknüppelt würden. Weder Infizierte noch Gesunde und erst recht nicht vorsorglich in der ganzen Region. Was sie ihr allerdings nicht vermitteln konnte, war irgendein logischer Grund für diese unterschiedliche Handhabe. Unter einem harmonischen Nachmittag auf dem Sofa verstand Maria etwas anderes.

»Entweder ist es beim Seuchenfall nötig alle im Umkreis zu töten oder es ist nicht nötig«, beharrte Tomke auf ihrem Standpunkt. »Man kann damit die Verbreitung stoppen damit letztlich mehr überleben, also unter dem Strich, oder man kann es nicht.«

»Regionale Entscheidung heißt ja gerade unterschiedlich, überall angepasst und absolut nicht, dass für Mensch und Tier dasselbe entschieden wird.«

»Wenn es funktioniert, muss man es bei allen Lebewesen machen. Wenn es nicht funktioniert, muss man es bei allen Lebewesen bleiben lassen!«

Selbst auf sonnenklare Kinderlogik reagieren Erwachsene instinktiv mit Widerspruch: »Nee, Tiere sind doch ...«

Tomke fuhr ihr zornfunkelnd ins Wort: »Viren machen auch keinen Unterschied zwischen Menschen und Schweinen!«

»Es sind doch andere Viren. Was ich meine, nicht alle Krankheiten vom Menschen können sich auf Schweine übertragen und andersherum, also nur manche, klar, das gibt es natürlich, Schweine sind uns anatomisch ja sehr ähnlich, aber es ist schon anders. Irgendwie, denk ich. Menschen darf man nicht töten, bei Tieren gilt eine andere Gründlichkeit«, stotterte Maria sich um Kopf und Kragen.

Dann verstummte sie und nahm ihr Kind in den Arm. Weil sie es selbst total unlogisch fand.

◇

Die Spinnenengel arbeiteten viel zu gründlich. Nach dem Smartphone, hatten die kleinen Biester ihm fast den Rest vom Tag geklaut.

Zugegeben, das Ergebnis konnte sich sehen lassen. Beziehungsweise sah man es fast nicht, so kunstvoll hatten sie den unteren, nun microfaserdicht verwebten Bart mit locker flatternden Härchen überdeckt. Wenn er die zwei eingeflochtenen Schlaufen im Gewirr suchte und über die Ohren zog, klappte diese

Barthaarmaske, andersherum als üblich, hoch. Dann hing zwar immer noch ein Teil über der Nase, aber kitzelnde Barthaare war er ja gewohnt. Zum Essen oder Trinken konnte er den Mund freilegen, das reichte.

Die Lösung war auf jeden Fall besser als alle vergeblichen Anproben davor. Und er war erleichtert, keines der kleinen Krabbelwesen im Reflex erschlagen zu haben. Aber, bei jedem Gedanken an die Spinnerei, juckte es immer noch im ganzen Gesicht. Dazu liefen ihm Zeit sowie Geld weg und der Bremer Senat hatte immer noch nichts über den Weihnachtsmarkt verkündet.

Genervt sprang der Weihnachtsmann auf seinen Schlitten und feuerte den bequemen Rudolf zu ungewohntem Höchsttempo an. Es gab noch so viel vorzubereiten! Endlich kam die Himmelsschleuse in Sicht und der Weihnachtsmann wollte abbremsen. In diesem Moment riss der Zügel.

»Ho Ho, Stop! Rudolf, anhalten!«, brüllte der Kutscher gegen den Fahrtwind.

Nun war Rudolf zwar nicht der Schnellste seiner Art, aber wenn der schwere Schlitten einmal Fahrt aufgenommen hatte, schob die Masse durch. Das Rentier konnte locker vor sich hin galoppieren, um das Tempo zu halten und dabei vor sich hin träumen. Wenn sein Herr gereizt war, nervte der zwar manchmal mit irgendeinem Gebrüll, so wie jetzt, aber Rudolf hatte gelernt, sich davon nicht ablenken zu lassen. Er tollte gedanklich mit einer wunderhübschen, braunäugigen Rentierdame um die Wette, beinahe hätte sie ihn eingeholt, er spürte ihren warmen Atem an der Schwanzspitze. Aber in seinen Träumen war Rudolf natürlich der Gewinner aller Rennen. Mit einem verklärten Lächeln warf er seine Beine noch flinker durch die Luft.

Genervt drückte Maria das Gaspedal bis zum Anschlag durch. Sie schoss an einem Sonntagsfahrer vorbei, um gleich hinter den nächsten beiden Schlafmützen hängen zu bleiben. Bei dem Verkehr dauerte die Strecke zu ihrem Vater gewiss doppelt so lang wie nötig, da wünschte sie sich fast die freien Straßen vom Lockdown zurück.

Was tatsächlich drohend in der Luft hing. Der ›Freipaak‹ war kürzlich von einem Tag auf den anderen geschlossen worden, dadurch wurde auch der Weihnachtsmarkt immer unwahrscheinlicher.

Tomke quengelte, ihr war elend langweilig. Das förderte die Laune beider im Auto nicht unbedingt. *Apropos > Wann sind wir da?< und Erfindung des Adventskalenders,* grübelte die Mutter, den unermüdlichen Redeschwall ihrer Tochter vom Rücksitz sowie manch anderen Verkehrsteilnehmer ignorierend. *Warum hat eigentlich noch niemand den Autofahrt-Kalender erfunden?* Für Kutschen mit unberechenbaren Fahrtzeiten war das, zur Erfindungszeit der Adventskalender, vermutlich nicht umsetzbar. Aber jetzt, in Zeiten der Navigationsgeräte und Standort-Ortung? Heutzutage sollte es ein Leichtes sein, den Kindern im Auto einen spannenden Zeit-Kilometer-Kalender digitaler Art zu gönnen. Und damit den Eltern Ruhe. Auf der Startseite der fette >Wann sind wir da?< Button, immer aktuell berechnet. Dazu eine kindgerechte Maps-Version als Übersicht der Strecke mit Erläuterungen und Geschichten, zu allem was vom Auto aus möglicherweise zu sehen ist. Noch eine echte Marktlücke? *Oder gibt es dafür schon eine App?*

Schwungvoll legte sich der Wagen in die Kurve, während Maria im Geiste das nun erprobte Prinzip ihres ewigen Lockdownkalenders ins Digitale übersetzte. Die virtuelle Oberfläche gestaltete sie in Form ihres roten, alten Kalenders, aber die Engel und den Schneemann ersetzte sie gegen Autos, Fahrräder und

Lastkraftwagen. Wenn die Millionen mit dem Lockdownkalender nicht klappten, dann vielleicht mit dem Verkehrskalender? *Digitale Kalender erzeugen keinen Verpackungsmüll,* formulierte sie zukunftsfroh ihren eigenen Werbeslogan.

Sich mit Apps zu beschäftigen, statt auf Ampeln zu achten, ist selten gesund. Sogar, wenn die App nur in Gedanken, statt am Handy, geöffnet wird.

»Mama! Pass auf!«, kreischte Tomke, die ihre Mutter beim Fahren des Öfteren über Stoppsignale und Temposchilder belehrte.

Was bei einer Neunjährigen ohne Führerschein meist nervig bis kontraproduktiv war. Aber diesmal hatte sie Recht: »Die Ampel ist rot!«

Das Himmelsschleusentor näherte sich rasant. Die rote Ampel davor blinkte warnend. Der Weihnachtsmann stand kurz vor der Panik. Hatte sein faules Rentier plötzlich Superbenzin getrunken? Als weiteres Brüllen nichts half, stand er schwankend auf und schleuderte das abgerissene Zügelstück. Es traf sein Zugtier seitlich.

Rudolf baute selig ein paar Bocksprünge in seinen

Flug, denn er integrierte den Schmerz in seine Phantasie: Die Rentierdame kuschelte ihre Nase heftigst in seine Flanke. *Ein wenig sanfter könnte sie ruhig sein, na, sie gehört wohl zur gierigen Sorte,* dachte Rudolf anzüglich kichernd und hob erwartungsvoll den Kopf. Da schreckte ihn ein rotes Blinklicht im Augenwinkel aus dem schönen Tagtraum und er sah die mächtige Wand des Tores vor sich.

Er stemmte alle vier Beine in die Wolken. Die Deichseln des Schlittens knirschten und zerrten schmerzhaft an seinem Geschirr. Der Weihnachtsmann verlor bei dieser Vollbremsung das Gleichgewicht und stürzte voraus über Bord.

Zum Glück landete er mit dem Bauch auf dem Rücken seines Zugtieres und konnte rechtzeitig dessen Hals umklammern. Wobei Rudolf den Aufprall des Weihnachtsmannes von oben weniger als Glück empfand, zumal gleichzeitig von hinten die Vorderkante des Schlittens seine Sprunggelenke rammte und vorne sein Kopf gegen das Himmelsschleusentor knallte.

Tomke knallte mit dem Kopf gegen die Rückseite des Beifahrerstuhls, als Maria voll in die Eisen ging. Glücklicherweise waren ihre Bremszüge stabiler als die abgewetzten Lederzügel des Weihnachtsmannes. Zwei Meter an der roten Ampel vorbei kam der Wagen zum Stehen.

Haarscharf vor ihr kreuzte bereits der Verkehr von links. Ein Autofahrer nach dem anderen musste einen kleinen Schlenker um ihre Kühlerhaube machen, alle warfen ihr im Vorbeiziehen vorwurfsvolle bis bitterböse Blicke zu.

Ihr Kind rieb sich die Stirn und jammerte schrecklich, was ein gutes Zeichen war: Die Mutter kannte den Ton. Es klang nicht schlimmer als das Drama bei üblichen kleinen Beulen.

Verschämt legte Maria den Rückwärtsgang ein und zog vorsichtig zurück. Ihr Hintermann hatte nicht viel Platz gelassen, sie klemmte sich dicht vor seine Stoßstange. Das reichte gerade um weit vorgebeugt, ihre Nase an die Windschutzscheibe gepresst, die Ampellichter sehen zu können.

Als diese grün wurden, fuhr Maria extrem vorsichtig und besonders konzentriert weiter. Das Adrenalin schoss immer noch pochend durch ihren Körper, sie rutschte auf ihrem Sitz zurück und schnappte etwas nach Luft. Das war ja gerade noch mal gutgegangen.

»Könntest du mir etwas Luft zum Luftholen lassen?«, fragte Rudolf keuchend. Der Weihnachtsmann lockerte seine Halsumklammerung und rutschte vorsichtig rückwärts. Nach einem kleinen, nicht allzu eleganten Balanceakt über die Aufhängung der Deichsel, gelangte er sicher zurück auf seine Kutscherbank. Das Schleusentor öffnete sich, das Rentier humpelte im Schneckentempo mit seiner Last hinein.

Während des Schleusenvorgangs kam der Himmelsschleusenmeister angelaufen, der den Unfall auf seinen Kontrollmonitoren verfolgt hatte, um den Schaden zu begutachten. Das Tor hatte keine Schramme, aber das Rentier samt Schlitten umso mehr.

»Ein defektes Zugtier und ein Fahrzeug ohne funktionierende Bremse. Da muss ich leider die Weiterfahrt untersagen«, konstatierte er.

Der Weihnachtsmann starrte ihn an: »Aber ... ich bin der Weihnachtsmann!«

»Ach«, grinste der Schleusenmeister, »wer hätte das gedacht.«

»Du darfst mich doch nicht einfach festsetzen!«

»Sind *Sie* hier für den Verkehr zuständig oder ich?«, rügte der zuständige Beamte mit derart drohender Betonung auf dem ›Sie‹, dass der Weihnachtsmann sich instinktiv in seiner Kapuze versteckte. »Entschuldigung. Selbstverständlich *Sie.* Und jetzt?«

Inzwischen waren die Wolken, bis auf einen kleinen Bodendunst, über den Rand der Schleuse gepumpt und eindrucksvoll im Sternenwind zerfleddert. Das untere Schleusentor öffnete sich.

»Sie fahren jetzt ganz, ganz langsam aus der Schleuse und binden ihren Schlitten in den Unterwolken an der Schleusenmauer an. Die Weiterfahrt wird erst gestattet, wenn die technischen Mängel behoben sind.« Der vom göttlichen Amt angestellte Meister über die ›Schleuse am Ende des Himmels‹ hatte sein Urteil gefällt.

Der heilige Gabenbringer auf dem Schlittenbock nickte ergeben. Gegen behördliche Anordnungen war wohl jeder machtlos.

◇

»Man könnte auch einen Schweinekalender machen.«

»Wie das?«, fragte Maria. Sie ordnete sich brav zwischen langsameren Autos ein und dachte an behördliche Schweineverordnungen, aber Tomke ging es sicher um süße, kleine Marzipanschweinchen in ihrem Kalender? Doch diesmal war die Idee ihrer Tochter gar nicht so egozentrisch wie man Kindern nachsagt: »Für die Wartezeit, der hängt im Stall. Da darf das Schwein sich jeden Tag eine Leckerei abreißen.«

»Und dann?«

»Na, bis zum Schlachttag. Dann wissen sie wenigstens wie lange sie noch im Lockdown aushalten müssen.«

»Ich weiß nicht, ob Schweine zählen können«, zweifelte die Mutter am Konzept ihrer Tochter und zählte reflexartig die fünf Autos vor ihr, bis zu nächsten Ampel. Tomke schnappte sich ein Plastikfernglas aus ihrem Spielzeugsack, der an der Rückenlehne des Beifahrersitzes hing, und glotzte damit in den mittleren Rückspiegel.

»Doch, können sie! Haben sie mal im Kinderfernsehen gezeigt, das war so ein Test von Wissenschaftlern.«

Maria erwiderte den Fernglasblick mit einem Lächeln, ohne sich umzudrehen via den Spiegel und sagte: »Okay, aber wie erklärst du den Schweinen, was das letzte Päckchen bedeutet?«

Die Kleine schwieg einen Moment und meinte dann: »Ist vielleicht auch nicht so wichtig, das zu wissen. Aber dann hätten sie bis dahin etwas Beschäftigung!«

»Wie bei deinem Lockdownkalender«, erinnerte

Maria. Und verdrängte aufkeimende Vorstellungen von behördlichen Anordnungen, die wie Zoonosen vom Tier auf den Menschen übertragen werden könnten. Gleiches Recht für Menschen und Schweine fordern, barg die Gefahr, die Politiker verkehrt herum auf tödliche Ideen zu bringen.

Auf dem Beifahrersitz leuchtete ihr Smartphone auf. Nach einem verstohlenen Rundumblick, ob Polizeiwagen in der Nähe wären, tippte sie flink auf das SMS-Symbol, ohne das Gerät hochzuheben. Nach der nächsten Kurve schielte sie aus dem Augenwinkel aufs Display:

»Kommt bitte doch nicht. Ich hab eben die neuesten Nachrichten gehört und gründlich überlegt. Es ist das Risiko nicht wert. Wir sehen uns lieber erst Weihnachten, sofern die Zahlen fallen.«

Maria fluchte und wendete an der nächsten Kreuzung.

»Hast du was vergessen?«, fragte Tomke.

»Nee, wir fahren wieder nach Hause. Opa hat abgesagt.«

»Warum?«

»Sicherheitshalber. Weil die Zahlen steigen.«

Derweil reflektierte sie traurig die Ursache: *Ach Papa, da bist du so oft in deinem langen Seemannsleben, dank Abstand, Maske und Hygiene, wohlbehalten durch allerlei Seuchengebiete dieser Erde gereist. Und nun siehst du deine Enkelin nicht, weil ausgerechnet hier, in diesem ach-so-gebildeten Land, zu viele Leute den simpelsten, altbewährten Infektionsschutz nicht kapieren wollen.*

»Aber ich hab mich so auf ihn gefreut! Ich wollte ihm doch meinen selbstgebastelten Schlüsselanhänger zeigen.«

»Ich weiß. Es tut mir so leid«, beschwichtigte Maria. Plötzlich verschwammen die weißen Linien auf der Straße, ihr standen Tränen am Augenrand. *Ständig freut sich das Kind auf irgendetwas, das dann doch wieder und wieder und wieder wegen Corona ausfällt. Wie Tomkes Vater, der seine Versprechen nie hält, benimmt sich nun das ganze Leben. Was macht das mit ihrer kleinen Seele?* Die Mutter fühlte sich so hilflos. Wie sollte sie Vertrauen und Beständigkeit vermitteln, wenn nichts mehr beständig war?

»Jetzt ist mir auch noch das Fernglas runter gefallen! Da komm ich nicht mehr ran! Der Gurt ist zu eng, der hakt! Heute geht auch alles schief!«, schwenkte das Kind noch tiefer in den aktuell so häufigen, lautstarken Jammermodus.

Maria nuschelte ratlos ein paar beruhigende Worte, die doch nichts halfen und versuchte sich selbst die Absage ebenfalls gut zu reden: »Dann schaffe ich es heute Abend, den Adventskalender fertig zu füllen. So früh wie noch nie.«

◇

Seit über einer Stunde hing der Weihnachtsmann am Smartphone, um Fahrzeug und Zugtier wieder flott zu kriegen. *Heute geht auch alles schief!*

Der Tierarztengel würde noch eine Weile in den Niederlanden festhängen, wo der Schimmel des Sinterklaas an einer Kolik litt. Das hätte absoluten Vorrang. Der Arbeitstag des Kollegen wäre schließlich am fünften Dezember, während der Weihnachtsmann mehr Zeit hätte, wurde ihm kurz angebunden am Telefon erklärt. Sein dringender Nebenjob im Advent interessierte den Arzt natürlich nicht die Bohne. Außerdem schien Rudolf, im Unterschied zum Pferd, aktuell keine Lebensgefahr zu drohen.

Um die technischen Himmelsteams stand es nicht viel besser. Die jüngeren Techniker schraubten derzeit in Amerika an den gealterten Cola-Trucks. Die hatten irgendwelche Probleme mit den neuen Treibstoffen und Biozusätzen.

»Kollege Santa Claus könnte sich auch mal was moderneres leisten«, murmelte der Weihnachtsmann.

Das entlockte dem still vor sich hin leidenden Rudolf, nach einem kurzen rückwärtigen Blick auf den klapprigen Holzschlitten, immerhin eine Art schnaubendes Lachen.

Das zweite, ältere Technik-Team würde morgen eventuell Zeit für ihn freimachen. Heute saßen die Chefs im ausführlichen Beratungsgespräch mit dem Christkind, über ein geeignetes Verkehrsmittel. Die Fortbewegung auf nackten Füßen war nun wirklich nicht mehr zeitgemäß. Währenddessen, für diesen Arbeitstag ohne ihre Teamchefs, hatten die Gesellen und Auszubildenden einfache Aufgaben bekommen, zum Beispiel prüfen und polieren der Geschirre aller acht Rentiere des deutschen Nikolauses.

»Als das noch mein Wagen war, musste ich das immer selbst machen«, ärgerte sich der Weihnachtsmann. »Ich hätte diesem billigen Nuss- und Apfelhändler den heißen Schlitten nie verkaufen dürfen. Dasher, Dancer, Prancer, Vixen, Comet, Cupid, Donner und Blitzen wären garantiert nicht gegen das Tor gerannt!«

Rudolf prustete gekränkt. *Klar, liegt wieder nur*

an mir. Früher war alles besser. Hätte das bei deren Raketengeschwindigkeit weniger wehgetan, oder was? Da fange ich ihn selbstlos mit dem Rücken auf und das ist der Dank. Was glaubt der, wie weit er über das komplette Gespann geflogen wäre? Er schlenkerte glöckchenklingend den schmerzenden Rentierschädel und beschloss, seinen Herrn keines Blickes mehr zu würdigen. *Bis nach Weihnachten! Na gut, das wird schwer. Sagen wir, bis alles repariert ist und nichts mehr weh tut. Oder, wenigstens für heute. Den ganzen Tag! Okay, vielleicht nicht ganz. Mindestens bis zur Futterzeit.*

»Wenn dir keiner hilft, hilf dir selbst«, raffte sich besagter Herr derweil auf.

In dem kleinen Bodensatz Geschenke, den der Weihnachtsmann immer als Reserve liegen hatte, auch um den Jutesack gegen Wegwehen zu beschweren, befand sich ein zeitloser Do-it-yourself-Ratgeber für Jungs. Der enthielt ein Kapitel über Seile und Schnüre, dass ihm das nicht eher eingefallen war! Er zog das Büchlein vom tiefen Grund des riesigen, fast leeren Sackes heraus, fand die richtige Seite und übte Seemannsknoten.

Rund zwei Stunden später hatte er die Zügel, nicht hübsch aber äußerst stabil, mit dicken Knoten repariert. Die tiefsten Schrammen am Schlitten wurden mit Holzpolitur vertuscht und Rudolfs Kopf sowie

Sprunggelenke mit Eis, aus einer vorbeiziehenden Hagelwolke, gekühlt. Sein Rentier spielte trotzdem weiter den Beleidigten, diesmal wegen der Reihenfolge.

Nach Meldung der erfolgten Reparaturen an den Schleusenmeister, wurde das Fahrverbot offiziell aufgehoben.

Morgen kann es also weitergehen. Für heute ist es vollbracht, dachte der Weihnachtsmann und plante, den Rest des Nachmittags an der Schleusenmauer zu entspannen. Seine Radio-App spielte, wie zu seinem Selbsthilfe-Erfolg bestellt, eine rockige Version von ›Jingle Bells‹. Zufrieden trällerte er mit.

◇

»Also gut. Es ist vollbracht«, freute sich Maria, als sie das letzte Säckchen anknotete.

Doch noch lag der prall gefüllte Adventskalender auf dem Teppich vor ihr ausgebreitet. Das coole Möbelset, plus überall noch Süßigkeiten hinzugefügt – wo es passte in die Schränkchen, sonst daneben – ja, das wog doch deutlich schwerer als die einzelnen Kleinigkeiten, die er im Lockdown zu tragen hatte. *So soll es sein. Advent ist eben doch Advent. Sogar 2020.*

Auch wenn der Opa es nicht glauben konnte, der

alte Kalender würde gewiss nicht unter seiner Last zusammenbrechen, sprach sie sich Mut zu. Denn wie jedes Mal vorm Advent, stockte Maria der Atem beim ersten Anheben und der innere Zweifel flüsterte erneut: »Das muss reißen. Das kann nicht halten. Das widerspricht allem, was ich über Erdanziehung, Gewicht, Stabilität und statische Berechnung gelernt habe, das kann gar nicht ...«

Das Aufhängeband schnitt fast in ihre Finger. Die Säckchen glitten raschelnd übereinander und zogen an ihren dünnen Bändchen. Die Bändchen zerrten an den Ringen und die Ringe daraufhin am lächerlich dünnen Nähgarn, das sie im Stoff hielt. Jeweils nur zwei, drei Millimeter breit durchstochen, wölbten sich die vierundzwanzig Einstichstellen spitz den Ringen entgegen und der Kalender hing – frei schwebend – an Marias Hand.

Den ganzen Weg zur Küche schaukelten die Beutel beängstigend, doch keiner fiel. Maria schob das Band vorsichtig über ihren Fingernagel auf den Stahlnagel, der, normalerweise von Januar bis November ungenutzt, oben am Schrank nur für diesen Moment existierte. Und für die 24 folgenden Tage. Okay, dieses Jahr wurde der Nagel mehr belastet. Im Frühling verrichtete er Dienst außer der Reihe und jetzt behängte sie ihn voreilig im Oktober. *Ausnahmen bestätigen die*

Traditionen. Maria sackte erschöpft auf den Küchenstuhl. Da hing er wieder, grellrot am grünen Schrank. Kinderaugen würden glitzern. Sie sah zu, wie die Bewegung der Säckchen stoppte und lächelte vor sich hin: »Vertraue deinem Adventskalender!«

Tomke besah ihn morgens nicht ganz so vertrauensvoll, was aber nicht mit dem Gewicht der enthaltenen Möbel zusammenhing, von denen sie nichts ahnte: »Bist du sicher, dass die Säckchen reichen?«

»Ja, bis Heilig Abend garantiert«, versicherte die Mutter. Obwohl sie in der allgemeinen Verunsicherung selbst zweifelte, ob Weihnachten in der Form stattfinden würde oder ob es nicht lieber verschoben werden sollte. Familienfest allein zu zweit würde nicht wirklich ein Familienfest sein. Es gab ja Gerüchte, Jesus sei eigentlich im Frühjahr geboren. Wegen der Geschichte mit den Lämmern auf dem Feld. Wäre es nicht besser, sich darauf zu berufen, dieses Krisenjahr endlich ganz abzuhaken und alles auf Ostern zu verlegen? Ein mit Weidenkätzchen und Eiern dekorierter Tannenbaum, Schokohasen im Sack des Weihnachtsmannes, die Geschenke in Geburtstagsgeschenkpapier und alle Freunde einladen, damit könnte auch die ausgefallene Geburtstagsfeier gleich nachgeholt werden, ja! Maria strahlte bei der Vorstellung, alle

Fliegen mit einer Klappe abzuhaken, das käme der überlasteten Alleinerziehenden gerade recht.

Ihre Tochter war der Vision leider nicht gefolgt, sie buhlte noch um Verlängerung des Adventskalenders: »Und wenn es über Weihnachten hinaus wieder einen Lockdown gibt?«

Maria schwieg. Den Weihnachtsmann brauchte man das erfahrungsgemäß nicht fragen und ihre Kleinspielzeug Vorräte im Keller waren ziemlich erschöpft. Bisher hatten die sich, zwischen den Festen, immer wieder aus zufälligen Gelegenheiten wie Flohmärkten, Supermarktaktionen und Gaben von Nachbarn gefüllt. Aber bei überwiegend stillstehender Weltwirtschaft war da gar nichts hinzugekommen. Seit März wurden Bestände ausschließlich abgebaut, im Keller wie auf allen höheren Ebenen.

Tomke deutete das Schweigen ganz richtig und zog einen Schmollmund: »Ohne Lockdownkalender halte ich das nicht nochmal aus!«

Die Mutter wog ab was schlimmer wäre. Jetzt über etwas streiten, das noch nicht feststand oder etwas versprechen, von dem doch alle hofften, dass es nicht passierte. Irgendeine Säckchenfüllung würde sie auch ohne Spielkrimskrams hinkriegen, notfalls eben nur Süßigkeiten. Die Wahrscheinlichkeit, dass auch die Supermärkte schließen würden, war nicht so hoch.

»Okay. Aber nicht in den Ferien. Nur wenn *nach* den Weihnachtsferien wieder Lockdown sein sollte, fangen wir den Kalender erneut von oben an.«

Tomke jubelte: »Super! Dann freue ich mich auf den nächsten Lockdown!«

Die Mutter knirschte mit den Zähnen. Ironischerweise war Gesundheit zwar aktuelles Hauptthema, doch im Alltag mit Kind führte genau das, durch plötzlich haufenweise Digitalgeräte, arg verzerrten Schlafrhythmus, Nachgiebigkeit und Naschereien, ständig zu ungesundem Lebensstil.

Ich hätte doch die Sache mit dem Stroh verfolgen sollen, dachte sie.

Zwei Tage später trafen sich die Chefs der Bundesländer mit der Kanzlerin und beschlossen einhellig, das Land ein zweites Mal herunterzufahren. Für den kompletten November.

Und der Bremer Weihnachtsmarkt wurde endgültig abgesagt.

Im Unterschied zum Frühjahr blieben die Läden, Schulen und Kitas offen, das taufte man dann ›Lockdown light‹. Für die Mutter würde es dadurch tatsächlich leichter. Für die Freizeitbranche nicht.

Maria starrte immer noch fassungslos auf ihr Radio, als diese Nachrichten längst von unpassend fröhlicher Musik abgelöst worden waren.

Was nun – der Adventskalender war startklar für den Advent gefüllt, sollte sie den trotzdem wieder zum Lockdownkalender umdeklarieren und im Vorhinein ab November freigeben? Danach gleich wieder füllen? Ständige Kalendergeschenke verlieren irgendwann ihre Wirkung, dann wirkt nichts mehr außer der Zucker auf die Zähne.

Die jeweils letzten News der Pandemie raubten ihr in dieser Nacht nicht zum ersten Mal den Schlaf. Maria wälzte sich mit Kalendersorgen ins Bett und erwachte am nächsten Morgen von quälender Planungsunsicherheit und offenen Organisationsfragen, ohne den herrlichen Vogelgesang aus den Vorgärten wahrzunehmen. *Was wird als nächstes kommen – beziehungsweise nicht kommen?* Vor den Weihnachtsferien hatte die Mutter keinesfalls mit erneuten Schulausfällen gerechnet, aber das rückte als nächster logischer Schritt der Regierung ebenfalls in den Bereich des Wahrscheinlichen. *Wenn die meinen, dass Kinder zu Hause unbegleitet an I-Pads und Laptops besser aufgehoben sind, haben die doch alle Stroh in der Birne,* dachte sie gereizt.

Bei dem Stichwort klingelte etwas wie Schlittenglocken in ihrer Erinnerung. Plötzlich fügte sich eins und eins zu etwas viel Größerem zusammen: Jener katholische Brauch mit den Halmen in der Krippe und eine private Ostergeschichte aus ihrer jüngeren Vergangenheit, die verführerisch nach Stroh duftete. Diese beiden Fäden musste sie aufgreifen und verknüpfen. Dort wartete die Kalenderlösung!

Sie rief der verdutzten Tomke durch den offenen Spalt der Kinderzimmertür zu: »Hol dir bitte selbst was zu Essen aus der Küche. Bin in zwei Stunden zurück!«

Dann rannte sie fast zum Auto und fuhr führerscheingefährdend flott aus der Stadt hinaus, Richtung Nordsee.

Die Eile war exorbitant übertrieben.

Irgendwo im Hinterkopf wusste Maria sehr wohl, dass ihr Adventskalenderproblem nicht das Schlimmste an der aktuelle Weltlage war. Aber es tat gut, sich darauf zu konzentrieren. Alles andere konnte sie ohnehin nicht beeinflussen.

Der Weihnachtsmann starrte immer noch fassungslos auf die Radio-App seines Smartphones, als die Nachrichten längst von unpassend fröhlicher Musik abgelöst worden waren.

Das war's dann wohl, nicht nur mit seinem entspannten Restnachmittag an der Schleuse. Sein Stolz auf die gelungenen Seemannsknoten im Zügel verdampfte in Weltuntergangsstimmung.

Ein ›Lockdown light‹ auf Erden hatte zwar kaum Einfluss auf den Himmel, aber die Absage des Bremer Weihnachtsmarktes war eine Katastrophe apokalyptischen Ausmaßes:

Kein Nebenjob bedeutete kein Geld, also keine Geschenke und keine Bescherung am Heiligen Abend. Im ganzen Land.

Der Bremer Bürgermeister hatte soeben Weihnachten abgeschafft!

Der Weihnachtsmann war arbeitslos, pleite, insolvent!

Er konnte nicht einmal staatliche Unternehmerhilfe beantragen, denn die wurde diesmal am Umsatz vom November des Vorjahres festgemacht. Für exakt den Monat konnte ein Saisonarbeiter wie der Weihnachtsmann natürlich keine Einkünfte nachweisen. Ein Jahresdurchschnitt ergäbe ein Zwölftel seiner Dezembertätigkeit und davon siebzig Prozent? Da wäre der Antragsaufwand teurer als das Ergebnis. Irgendetwas im Kleingedruckten gab es ja immer, das möglichst viele ausschloss. Anbei bemerkt, Verluste aufzeigen ist ohnehin unmöglich für jemanden der ständig alles verschenkt.

Die letzte Option wäre Hartz4, bei seinen laufenden Kosten natürlich ein Tropfen auf den heißen Stein. Den ihm zustehenden Betrag würde allein die Versicherung des Schlittens komplett schlucken. Oder das Futter für den verfressenen Rudolf. Er würde beides verkaufen müssen, um zu überleben. Und damit wäre die Basis, jemals wieder in seinem Beruf zu arbeiten, dahin.

Ein Schicksal, das er in dieser Krise übrigens mit vielen Freiberuflern teilte.

Nachdem die erste Schockstarre sich am nächsten Morgen etwas gelegt hatte, wischte der Weihnachtsmann hektisch über sein Smartphone. Laut Häkchen-Symbol in Telegram hatte Gott3087 seine Nachricht sehr wohl gelesen. Der sollte jetzt gefälligst antworten! Sofort! Weihnachten war doch auch in seinem Interesse.

Er tippte: »Mayday Mayday Mayday. Bitte melden! Heilig Abend fällt sonst aus!«, und klickte auf senden.

Anschließend kopierte er die Nachricht, um sie fünf Minuten später erneut abzuschicken.

»Erst den ganzen Mist erschaffen und dann die Probleme totschweigen. So funktioniert das nicht, lieber Gott«, grummelte er dabei. Dann stellte er zur Erinnerung seinen Timer, um denselben Text ab jetzt exakt alle zwanzig Minuten nochmal an den Himmel zu übermitteln. Wieder und wieder und wieder. »Willst du Telefonterror, kriegst du ihn.«

Ein Weihnachtsmann in Existenzängsten kann recht anstrengend sein.

Erst nach einem halben Tag und einer langen, langen Liste kopierter Nachrichten auf dem Display kam er in seiner Verzweiflung auf die glorreiche Idee, seine Fäustlinge ineinander zu legen und ein Stoßgebet zum Himmel zu senden. (Okay, da sein Schlitten auf den unteren Wolken der Himmelsschleuse parkte, rief er es präziser ausgedrückt vom Himmel ins Weltall.) »Lieber Gott, mach dass Gott endlich rangeht!«

Da leuchtete und blinkte und sang sein Smartphone plötzlich mit Lichtern und herrlichen Melodien, die er niemals darauf installiert oder zuvor gesehen hatte.

Endlich! Solche Licht- und Ton-Wunder konnte nur einer. (Okay, vom Programmierengel vielleicht abgesehen, aber der bevorzugte einen schlichten Klingelton.) Nun würde alles gut. Erwartungsvoll griff er das Gerät und las Gottes Antwort:

»Sei ohne Sorge. Alles hat seine Zeit.«

»Was? Mehr hat der dazu nicht zu sagen?«, schimpfte der Weihnachtsmann. »Immer diese kryptischen Ausreden. Das hilft mir jetzt keinen Euro weiter!«
Er wagte aber auch nicht, zu widersprechen.

Blieb nur noch das Christkind. Selbst wenn dem Vater der Geburtstag seines Sohnes egal war, sollte der Sprössling doch wenigstens Interesse haben, dass seine Party stattfand?
Der hatte auf jeden Fall Interesse zu reden, denn nach nur einem Klingeln nahm er ab und jammerte ohne Begrüßung los: »Das ist so ungerecht! Die Menschen sind doof! Ich muss weiter in die Schule, aber all die Köche und Kellner und Hoteliers und so, die dürfen den ganzen November freimachen! Nur ich nicht!«
Soviel Wesen, soviel Blickwinkel, resignierte der Weihnachtsmann. Obwohl ihm klar war, dass Diskussionen mit Leuten, die irrationaler Neid gepackt hatte, zwecklos sind, probierte er dennoch sein Anliegen

zur Sprache zu bringen: »Du, warum ich anrufe, es gibt da eine Schwierigkeit mit deiner Geburtstagsfeier wegen den Geschenken, so ein kleines finanzielles Problem ...«

»Ist mir doch egal! Die Geschenke kriegen doch immer nur die anderen, dann kriegen die eben mal keine. Ich krieg doch auch keine und statt Schokokeksen und Kakao immer nur trockene Oblaten und ekligen Wein, das ist soooo unfair!«

»Ja, äh, bis bald dann.« Der Weihnachtsmann drückte das Gespräch flugs weg, bevor er sich noch mehr davon anhören müsste. Die Welt ging unter und das Christkind beschwerte sich über Oblaten? Nicht zu fassen. Wie konnte aus diesem egozentrischen Kind nur jemals ein kluge Reden haltender, für alle Zeiten weltbekannter Mann werden?

Ein drohendes Geräusch, direkt neben ihm, schreckte ihn aus seinen Gedanken: Rudolfs Magen knurrte. Jetzt war auch noch das Heu alle! Der Weihnachtsmann kratzte seine letzten Euros zusammen, sprang auf den Bock, klappte die Bartmaske runter, ergriff die geflickten Zügel und sauste zur Erde.

Sein Heu-Dealer war ein junger Schäfer, der auf einem alten Bauernhof hinter dem Nordseedeich wohnte. Als er diesem gerade seine drei Heuballen bezahlt hatte, betrat eine Frau die Scheune. Während sie sich dem Schäfer näherte, erwuchs aus dem Nichts ein Leuchten um den Mann und die Frau, dass dem Weihnachtsmann ganz warm ums Herz wurde. Unweigerlich musste er an die kürzlich erlebten Lichtwundereffekte seines Smartphones denken.

»Hey«, sagte der Schäfer leise.

»Hi«, hauchte die Frau.

»Moin«, polterte der Weihnachtsmann, weil er meinte, das gehört sich in der Region so. Und weil ›Ho Ho Ho‹ irgendwie noch deplatzierter gewirkt hätte.

»Schön, dich zu sehen«, lächelte der Mann, den Zwischenruf ignorierend.

»Ja«, seufzte die Frau.

»Die Maske steht dir bezaubernd.«

»Deine auch.«

»Kann es sein, dass ihr euch kennt?«, fragte der Weihnachtsmann.

»Wieso?«, antworteten beide wie aus einem Munde, als wäre es übertrieben absurd, auf solch einen Gedanken zu kommen und sie brachen in scheinheiliges Gelächter aus.

Dann trat die Frau ganz dicht an den Mann heran: »Hast du etwas Stroh für mich?«

Still stand die staubige Luft.

Eine kleine Spinne seilte sich hinter ihnen zitternd langsam von einem waagerechten zu einem schrägen Balken des Fachwerks ab, während die zwei sich in die Augen sahen und keinerlei Anstalten machten, jemals damit wieder aufzuhören.

Die knisternd funkensprühende Stimmung in der Scheune erschien dem Weihnachtsmann etwas gefährlich, er dachte dabei weniger an seine heilige Keuschheit, als an all das brennbare Material um sie herum. Hastig versuchte er abzulenken: »Sie sehen eher nach einer Städterin aus. Wozu brauchen Sie dort denn Stroh?«

Maria riss ihren Blick irritiert los, dieser verkleidete Kerl stellte anscheinend ständig dumme Fragen. »Das ist für den zweiten Lockdownkalender.«

Diese Äußerung erinnerte den Weihnachtsmann sofort an die Wunschzettelgruppe und ersparte ihm damit die heimliche Identifikation der Frau, via seinen Smartphone-Gesichtsscanner. »Du bist Maria aus Bremen«, stellte er erstaunt fest.

»Ja«, antwortete der Schäfer statt ihrer und wirkte dabei seltsam glücklich.

»Aber was hat Stroh mit dem Kalender für ihre Tochter zu tun?«

Maria sah ihn fast mitleidig an: »Sie haben scheinbar keine Ahnung wie gern Kinder mit und im Stroh spielen! Früher war es ein katholischer Adventsbrauch, jeden Tag einen Strohhalm in die Krippe zu legen. Das machen wir jetzt nach.«

»Eine Krippe passt doch noch nicht so recht zum Spätherbst?«

»Wir haben auch keine. Ein Puppenbett tut denselben Dienst, davon haben wir reichlich und es geht schließlich um ein Virus. Das hat mehr mit Betten zu tun als mit Krippen.«

»Wird ihr Kind nicht richtige Geschenke verlangen?«

»Alles eine Frage des Marketings«, grinste Maria. »Es ist ein neues Spiel. Mal was anderes, um die tristen Novembertage zu zählen. Es gab ja schon Geschenke im ersten Lockdownkalender vom Frühling und im Dezember kommen wieder welche im Adventskalender, plus Weihnachten. Außerdem ist es, genau wie diese Zeit, zwar übersichtlich zusammengebunden, aber wirkt doch unzählbar: Wie viele Halme hat ein Ballen?«

Der Weihnachtsmann zuckte mit den Achseln.

»Genau, weiß keiner. Und dadurch merkt man, dass Zählen gar nicht zählt. Denn wenn der Lockdown vorbei ist, kommt der Rest auf einen Schlag: Das Finale wird eine große Strohschlacht im Wohnzimmer!«

»Und du bist dir ganz sicher, dass Kinder Stroh lieben?«

»Ja. Hundertprozentig.«

»Maria, du bist göttlich!«, frohlockte der Weihnachtsmann. »Das ist die Lösung! Äh, könntest du mir vielleicht ein paar Euro für Strohballen leihen?«

Sie strahlte erst ihn, dann den Schäfer an. In den Augen beider Menschen funkelte es erneut verdächtig. Es schien dem Weihnachtsmann, als würden sie wortlos ein sehr intimes Gespräch führen. Ahnten die etwas von der Himmelsnot? Auf die Idee, die beiden könnten ihn für einen bedürftigen alten Mann halten, der vielleicht ansatzweise verrückt aber harmlos war, kam er gar nicht.

Plötzlich nickte der Schäfer zustimmend. Der wortlose Dialog schien zu einem Ergebnis gekommen zu sein. Er warf ein paar Strohballen vom großen zum kleineren Stapel in der Ecke und wies darauf: »Die brauche ich diesen Winter noch für die Schafe. Bedient euch beide von der anderen Seite, soviel ihr wollt. Ist ja bald Weihnachten.«

Der Schäfer half Maria, ihren einzelnen Ballen im Kofferraum zu verstauen. Mehr wollte sie nicht, für Nachschub käme sie gern wieder. Sie winkte und fuhr davon.

Der Weihnachtsmann schleppte, keuchend und

schwitzend, einen Ballen nach dem anderen – bis zur Abenddämmerung. Der lange Schatten seines Schlittens glich einem schwankenden Heuwagen, als er vom Hof glitt. Nun war es an Rudolf, zu keuchen und zu schwitzen. Wäre unter all dem Stroh nicht auch sein Heu vergraben gewesen, hätte er einen Streik in Erwägung gezogen. Zum Glück hatte der Schäfer sich vor Stunden ins Haus verabschiedet und sah nicht wie das Rentier den Deich als Startrampe nutzte, um das überladene Gefährt mit Ach und Krach irgendwie dann doch in die Luft zu bekommen. Der hohe Strohstapel schunkelte bedrohlich instabil der untergehenden Sonne entgegen.

Erstaunlicherweise behielt Gott3087 Recht.

Am heiligen Abend kam alles nicht so schlimm, wie der Weihnachtsmann und die Menschheit befürchtet hatten: Zur rechten Zeit waren alle Sorgen vergessen.

Na gut. Wenigstens für eine Nacht.

Im ganzen Land hatten die Eltern sich natürlich, wie zu allen Zeiten, weder aufs Christkind noch auf den Weihnachtsmann verlassen und selbst massenweise Geschenke gekauft. Viele sogar mehr als üblich: Die einen als kleiner Trost für die Entbehrungen dieses so blöden Jahres, die anderen, weil sie der niedergestreckten Wirtschaft mit auf die Sprünge helfen wollten.

Die Erwachsenen wunderten sich allerdings heimlich über das Stroh, das allüberall zwischen den Geschenken auftauchte, wie vom Himmel gefallen. Es animierte die Kleinen zu den wildesten Bastelspielen mit Geschenkpapier und Halmen. In fast allen Haushalten wurden dadurch am Festabend die Klebstofftuben aufgebraucht. Neben alternativem Baumschmuck entstanden Heerscharen von Strohpuppen und unzählige moderne Kunstwerke, die noch wochenlang alle Fenster und Räume zierten. Die gekauften Geschenke bekamen erst in den nächsten Tagen ihre wohlverdiente Aufmerksamkeit.

Kinder können Stroh zu Gold spinnen, staunten einige Eltern über den harmonischen Weihnachtsabend trotz Krisenzeit. Ein paar erklärten den rätselhaften Strohregen pädagogisch wertvoll damit, das Christkind habe seine Krippe in allen Wohnzimmern ausgekippt, um mit den Kleinen auf seine altmodische, kreative Weise zu spielen.

Früher war bekanntlich alles besser.

Sie wussten natürlich nicht, wie verkehrt sie damit lagen: Das Christkind schmollte daheim, fand es schrecklich ungerecht, dass der Weihnachtsmann ihm nicht das kleinste Hälmchen gebracht hatte und wollte mit niemandem spielen.

Außer mit seinem Smartphone.

Dort in den Chaträumen merkte es indessen, dass trotz der weltweiten Strohbegeisterung noch einige Kinder online unterwegs waren. Und zwar all die armen kleinen Allergiker, die niesend und hustend aus den strohverseuchten Weihnachtszimmern geflüchtet waren. Jetzt hockten sie den heiligen Abend mutterseelenallein in ihren Kammern.

An Heuschnupfen hat der Weihnachtsmann wohl nicht gedacht, nobody is perfect, stellte das Christkind fest und tippte:

»Selbst die tollste Lösung ist immer für irgendjemand total doof.«

Für diesen Kommentar bekam es massenhaft Likes. Der Beitrag wurde tausendfach geteilt. Innerhalb weniger Augenblicke entstand daraus eine weltweite Community, die sich den Rest des Weihnachtsabends mit wahnwitzigen Himmelsfotos sowie mit nie zuvor geahnten Interna aus der göttlichen Familie unterhalten ließ.

Das Christkind fand bei so viel Anerkennung seine gute Laune wieder und lief zu Hochform auf. *Ich bin schließlich Profi für Weihnachtsstimmung, dafür braucht man keinen blöden Strohschlitten, jetzt machen wir das mal richtig!* Es sauste im Geiste durch das Zeitgeschehen seit dem Jahr seiner Geburt, schrieb und sendete daraus eine spektakuläre Erkenntnis nach der anderen, direkt in die Herzen seiner kleinen Leserinnen und Leser. Dies illustrierte es mit den herrlichsten Bildern aus allen Jahrhunderten, wie die moderne Welt sie noch nicht gesehen hatte. (Und wozu Erwachsene auch niemals das Passwort bekommen würden.)

Die Kinder vergaßen vor freudiger Spannung zu niesen und staunten Bauklötze über all die Magie und Feierlichkeit, die plötzlich aus ihren Smartphones und Laptops sprühte. Dieses Weihnachten feierten eben alle ein wenig anders.

Nur Tomke hatte bereits im November vorläufig genug mit getrockneten Getreidestielen gespielt und im Lockdown ebenfalls genug mit ihrem Computer.

Die erste Strohschlacht war trotz stundenlanger Fegerei danach solch ein Riesenspaß gewesen, dass Maria Anfang Dezember gleich einen neuen Strohballen geholt hatte. (Wofür sie verdächtig lange unterwegs war. Den Grund der Verzögerung ahnte die daheim wartende Tomke altersgemäß noch nicht.) Das große Strohrechteck stand nun, als freudige Aussicht mit Zukunftsversprechen, in einer Ecke des Wohnzimmers und rieselte leise vor sich hin: Für eine weitere Strohparty am Ende des eventuell nächsten Lockdowns. Oder was sonst zu feiern sein würde.

Schweigsamer als üblich, packte Tomke schlichtweg ihre Geschenke aus. Stille Nacht in lauten Zeiten. Natürlich fand sie alles super, aber so richtig kam die Weihnachtsfreude erst auf als sie ihrem Opa, per Videotelefonat, von jedem Detail berichtete, das für sie unter dem Baum gelegen hatte. Obwohl sie, bei seinem realen Besuch letztes Weihnachten, genau darüber noch mit ihm gestritten hatte! Weil sie damals fand, dass ihre Geschenke ihn nichts angingen, als er fragte was sie bekommen hätte.

»Wie in der Krise doch vieles unwichtig wird, was sonst unendlich wichtig schien und andersherum«, schmunzelte Maria, zupfte mit selig verklärtem Blick ein paar Strohhalme aus der Ritze ihres Sofas und schnippte diese auf den Teppich. Auch das Großreinemachen war auf unbestimmte Zeit verschoben.

◇

Der Weihnachtsmann fegte die letzten Hälmchen aus den Holzspalten des Schlittens, setzte sich auf den Bock, strich über seinen Bart und blieb mit dem Daumen darin hängen. *Ach ja, die Maske, was nun?* Sollte er sich rasieren und über den Sommer alles neu wachsen lassen? Oder das Flechtwerk bis nächstes Jahr im Gesicht belassen, um sich die Tortour erneuter kitzelnder Engel-Spinnerei zu ersparen, falls auch Weihnachten 2021 beschränkt sein sollte? Wie lange würde das Virus noch den Alltag auf Erden beherrschen? Wie viele Türchen würde der nächste Lockdownkalender brauchen, um nicht nur die Zeit zu vertreiben, sondern eines Tages ans Ziel zu kommen?

Fragen, mit denen er nicht allein auf der Welt war. *Maskenpflicht oder nicht?*, klang zwischen all den ernsteren Problemen plötzlich ziemlich nebensächlich. Sogar für den Weihnachtsmann.

Er verschob die Rasur auf unbestimmte Zeit.

◇ ◇ ◇

Magische Elternrealität
Die Reihe

Weiter schmunzeln?
Hier gibt es mehr von Maria und Tomke:

*Alle Folgen sind eigenständige Novellen,
prima unabhängig voneinander zu lesen.*

Ideal als Weihnachts- oder Ostergeschenk:
»Nur nie den Humor verlieren!«

Das Taschenbuch:

>Magische Elternrealität - Weihnachten und Ostern mit Kind< enthält die Folgen 1 bis 4.

152 Seiten mit 5 Illustrationen, Edition Falkenberg 2019
ISBN 978-3-95494-208-4 (Weitere Sammelbände folgen.)

Die E-Books:

>Magische Elternrealität< Einzelfolgen 2017-2020: 1. Glaúbenskrieg der Nikoläuse, 2. Glaubenszweifel der Osterhasen, 3. Glaubst du an den Weihnachtsmarktmann?, 4. Glaubensflamme des Osterfeuers, 5. Das Osterlamm hat Schuld, 6. Die Maskenpflicht des Weihnachtsmannes

Weitere Lesetipps von der Autorin:

>Schiffschwein Spekje<
Autobiographischer Roman, Isensee Verlag 2016
>Schiffschweinchen Spekje - das Kinderbuch zum Roman<
Mit Würfelspiel: >Wer rettet das Schwein<, Isensee Verlag 2018
>Wer Schiffe klaut, kriegt nasse Füße< - Die Schiffsdiebinnen
Flussroman, Edition Falkenberg 2018
>Corona Stilblüten - Seltsamkeiten in Viruszeiten<
Experimentelles E-Book 2020

>Schiffspost und Buchnews< - *kostenloses Newsletter-Magazin*
Maritime Anekdoten, Termine, buntes Autorenleben und Neuerscheinungen. Dies und vieles mehr auf der Webseite:

www.medienschiff.de

◊ ◊ ◊

Allüberall Kalendertürchen

Was freut die Kinder aller Länder?
Ganz sicher: Der Adventskalender!

Wer tröstet Mama, wenn sie flennt?
Ein lustiger Kalender, zum Advent!
Worüber grinst Papa, verlegen bis verschreckt?
Wenn Schnaps oder Kondom im Säckchen steckt.

Tägliche Überraschung schenkt auch Oma Kraft,
und Opa kriegt den Kalender mit Gerstensaft.
Für Hund oder Katze gibt's natürlich kein Bier,
aber fressbare Kalender, mit Ball und Gummitier.

Vierundzwanzig Tage warten,
Frost und Schnee blockiert den Garten,
was schützt uns alle vorm Unterkühlen?
Drinnen an den Säckchen fühlen!

Nach dem Fest wird die Dunkelheit kürzer, jede Nacht,
dann ist die finsterste Zeit schon hinter uns gebracht.
Zu diesem Ziel kommen wir, dank Päckchen und Lichtern,
statt mit Angst vor der Kälte: Mit Glanz auf Gesichtern!

Zeit kann man nicht greifen, Geschenke schon,
die Zeit zu (be)greifen, ist des Kalenders Lohn.
»Wie lange noch«, dies Kinderquengeln ist bekannt,
Mutter zeigt lächelnd auf die Päckchen an der Wand.

Milliarden Kalender, digital oder echt,
für Alt oder Jung, nur selten schlecht,
pompös oder einfach, leicht oder schwer,
wo kommen die bloß alle her?